Arno Camenisch
bei Urs Engeler

Arno Camenisch
Der letzte Schnee

1

Orapronobis, der Alte hoch oben im Himmel lässt sich dieses Jahr aber Zeit, Cofferteckel, wenn denn etwas Schnee fallen würde, wäre das nicht verkehrt, sagt der Paul und schaut in den Himmel, aber Petrus, der Esel, hält uns hin, und sein Boss hat anderes zu tun. Er hält seine flache Hand vor die Stirn, auf dem Kopf hat er eine Wollmütze, und er steht vor dem Hüttli vom Skilift hin. Der Himmel ist stahlblau, die Sonne geht auf. Was willst du da machen, ein bisschen was hat's ja gegeben, halt das nehmen, was kommt, sagt der Georg und richtet sein Käppi, da kommt schon noch was, aber grad zaubern können wir halt auch nicht. Er trägt eine alte Skijacke und in der Hand hat er einen roten Eimer. Immerhin liegt ein Film, so sieht's wenigstens aus wie im Winter, ein bisschen Zucker auf den Bergen, ist ja schon mal was, oder? Dem Allmächtigen ist die Courasch abhandengekommen, sagt der Paul, oder müssen wir auf die Knie für den Schnee, ist afängs seltener geworden als Kokain. Nächstes Jahr machen wir es auch wie die Österreicher, wir rollen Ende Jahr einfach den Schnee ein wie einen Teppich und verstauen ihn im Bunker, und sobald der November den Oktober vom Balkon gestossen hat und es wieder etwas kalt wird und man Handschuhe beim Töfflifahren anziehen muss, holen wir den alten Schnee wieder aus dem Hangar und rollen ihn aus, das merkt niemand, wenn wir da ein bisschen Schnee vom letzten Jahr hintun, wer käme denn schon auf die Idee, und es steht nirgends, dass das verboten sei, oder, in Österreich bschissen sie ja schliesslich auch. Der Georg stellt den roten Eimer neben dem Paul hin und nimmt eine Zigarette aus der Jackentasche seiner Skijacke und zündet sie an, hm. Und wenn sie uns erwischen, sagt der Paul und schaut in den Himmel, stellen wir uns tot. Madre mia, dass wir das noch miterleben müssen. Hoppala, jetzt ist mir die Zigarette aus dem Mund gefallen, sagt der Georg und schaut runter in den Schnee.

Sie stehen neben dem Skilift mit den Händen in den Hosentaschen und schauen den Skilift an, ein schönes Ding, gell, sagt der Paul, er schaut den Georg an, Baujahr 1971, der Klepper macht noch lange mit, der hat uns bereits viel Freude bereitet, der schöne Schlepper. Der Georg richtet sein Käppi, in der Hand hat er einen Kaffeekrug aus Glas, willst du auch Filterkaffee, fragt er und dreht sich zum Paul. Der Kaffee raucht. Auf der roten Skijacke hat er das Emblem vom Skilift. Wir waren die ersten, den allerersten Skilift der Welt, den hatten wir hier im Kanton, hier hat alles angefangen, und von hier aus hat der Schlepper die Welt erobert wie ein Lauffeuer, wir sind am Nabel der Welt, sagt der Paul und nickt. Hm, sagt der Georg und leert Kaffee in seine Tasse, wenn man es genau nehmen würde, sagt er und verzieht den Mund, also der ganz erste Skilift der Welt war es nicht. Er tut Zucker in seinen Kaffee. Ach was, sagt der Paul, natürlich hatten wir den ersten der Welt, das wäre mir aber plötzlich neu, gleich die Geschichte wollen wir in unserem Alter auch nicht mehr umdichten, oder? Ja, ja, sagt der Georg, wir hatten den ersten Bügellift, das schon, aber. Aber was, sagt der Paul, nix aber, da haben wir es ja. Ja, sagt der Georg, aber die vom Schneckenhof in Deutschland, hinten im Schwarzwald, die waren fast noch etwas früher dran. Was für ein Hof, fragt der Paul, im Schwarzwald, da gibt es doch schon lange keinen Schnee mehr, warum die einen Skilift haben sollten, wüsste ich auch gerne, das ist doch Gugus. Der Herr Winterhalder hatte sich was ausgedacht, sagt der Georg und trinkt von seinem Kaffee, für die Kurgäste, die da hingegangen sind, um die Pumpe auszukurieren. Der Paul lacht, für die Asthmatiker, sagt er und schaut mit den Händen in den Hosentaschen den Hang hinauf, das zählt nicht, das war kein richtiger Skilift, das war ein Seil mit einer Winde und zwei Globis, die daran geschraubt haben, ob da je jemand an diesem Seil hoch ist, weiss niemand, das war mehr eine Aufzugshilfe, die man auch brauchen konnte, wenn jemand Bronchitis hatte und sich die Lunge aus dem Leib gehustet hatte, dass sie danach am Boden lagen wie Lumpen, damit sie wieder aufstehen konnten. Das war doch kein richtiger Schlepper, das war nur für die Gesundheit, eine Gesundheitseinrichtung, und der hatte ja nicht mal Strom, da musste man ja noch das Wasser drüber leeren, nai nai. Der Georg hebt die Schultern und sagt, hm. Den ersten richtigen Schlepper hatten noch immer wir, sagt der Paul, ein Bügellift, immer noch die ehrlichste Form, den Berg hoch zu kommen, 1934 in Davos zum ersten Mal angeworfen, und zwar an Weihnachten, wie es sich gehört, und seitdem läuft der Betrieb in Graubünden, und sollte Petrus uns nicht den Zucker entziehen, wird das noch lange so weitergehen, aber eben. Der Georg rührt in seinem Kaffee.

Wie spät ist es, fragt der Paul und steht vor die Hüttentüre hin. Der Georg litzt den Ärmel seiner roten Jacke nach hinten und schaut auf die Armbanduhr, der Paul schaut ihm dabei über die Schulter. Halb neun, sagt der Georg und nickt, Zeit, die Tafel aufzustellen. Er geht hinter die Hütte und kommt mit einer Tafel zurück, die an einem roten Pfosten befestigt ist. So wissen die Leute, dass wir auch offen haben, und bleibt mit der Tafel ein paar Schritte vor der Hütte im Schnee stehen, ecco, die schöne Tafel. Der Paul kommt mit dem Vorschlaghammer über der Schulter. Hier, fragt der Georg? Der Paul geht ein paar Schritte nach vorne und dreht sich zum Skilift um. Er legt den Vorschlaghammer in den Schnee und hält die Hände nach vorne wie ein Fotograf, als würde er den richtigen Ausschnitt wählen, ein bisschen nach links noch, sagt er, Stopp, nein, nein, nicht so weit denk, du musst wieder weiter nach rechts, nein, rechts, auf die andere Seite, gut, ja, mhm, noch ein bisschen, mhm, noch ganz ein wenig, ja, mhm, Stopp! Stopp! Genau da, jetzt ist es gut. Er lächelt und nimmt den Vorschlaghammer aus dem Schnee, geht zum Georg hin und haut den Pfosten in den Schnee. Soli, sagt er und legt den Vorschlaghammer wieder in den Schnee, der Georg kommt um die Tafel, und beide stehen vor die Tafel hin und schauen sie sich an, jetzt weiss die Welt, dass wir geöffnet haben, sagt der Georg, das zieht sicher ein paar Seelen an, mit so einer Tafel kann uns nichts passieren. Der Paul nickt, die Gemeinde hat nämlich gedroht, dass sie den Skilift stilllegen, sagt er, seit der andere Holzkopf da Gmaindspräsident ist, wollen sie überall sparen, wäre ja schade um den schönen Schlepper, wenn man nur bedenkt, wer alles hier Ski fahren gelernt hat, beinahe jede zwei Jahre ist ein Topfahrer hier hervorgegangen, wie der Seppi Plum, schnell wie ein Pfeil, nur dass er eben in den Wald gefahren ist. Eine Talentschmiede ist das, und dann kommen sie und finden nicht den genug grossen Schuh, um in den Hintern zu treten. Der Georg holt ein Kägifred aus der Innentasche seiner roten Skijacke und richtet sein Käppi. Hast bereits von weitem gesehen, wenn einer einen schnellen Schwung hatte, für sowas haben wir ein Auge, sagt der Paul, und dann wollen sie diese Goldschmiede hier schliessen, eine Goldgrube ist das, aber die Gemeinde will lieber Geld sparen an diesem schnellen Hang, wer das verstehen soll, anstatt den Kindels ihren Hang zu lassen, wo sie hier doch fürs Leben lernen, er schüttelt den Kopf, aber mit dieser Tafel hier, er fasst sie mit der linken Hand und lächelt, mit dieser kann uns nichts passieren. Angenommen, der Himmel steht uns bei.

Bisch parat, fragt der Paul und richtet seine Wollmütze. Er sitzt im Hüttli vor der Glasscheibe und schaut den Georg an. Noch nicht, sagt der Georg und öffnet die Schublade von der Ablage. Er nimmt die Kasse aus der Schublade und macht sie auf. Also, wenn jemand kommt, mache ich einfach die Scheibe auf und frage, was wetsch, so wie ich es immer mache, sagt der Georg vor sich hin. Er zählt die Billette. Diese hier, die blauen Billette, sind für die Erwachsenen, er legt sie auf die Seite, grün, vualà, für die Kinder, und die rosaroten hier für die Senioren. Also wenn jemand kommt, können wir einfach ein Billett verkaufen, und wenn sie sonst was wollen, sagt der Georg, schicke ich sie zu dir ans Fenster, und du machst dein Fenster auf und räumst mit ihnen auf, das ist der Plan. Der Paul nickt. Hier gibt es nämlich nur Fahrkarten, und wer tumm tut, kommt auf die schwarze Liste, sagt der Georg. Die ist afängs ziemlich lang, sagt der Paul und nimmt die Liste aus der Schublade, das hat dann kein Verfallsdatum, wer sich nicht an die Regeln hält, bekommt ein Rayonverbot, und zwar lebenslänglich. Er macht seinen Stuhl parat und legt das Schafsfell über die Stuhllehne. Wir sind hier nicht im Tirol, sagt er, hier gibt es Regeln, und wer diese nicht einhält, trägt halt die Consequenzas, wie der andere Calöri vom letzten Jahr, der mitten auf der Piste sein Znünibrot auspackte und in einem Frieden sein Brötli ass, sowas geht doch nicht, man kann nicht die ganze Piste blockieren, nur weil man gerade farruct Lust auf sein Znüni hat, so haben wir ihm halt die Ohren waschen müssen in Gottsnama, der wird so schnell nicht mehr unsere Piste runterfahren dürfen. Wo kämen wir denn hin, wenn jeder hier seine eigenen Regeln aufstellen würde wie in Sodom und Gomorrha, ein Minimum an Ordnung müsste schon sein, das war schon immer so. Das Regelwerk hängt ja schliesslich an der Hüttenwand, auf Romanisch und auf Tütsch, da muss uns niemand kommen und behaupten, wir seien Larifaris und schlimmer als der Jörg von der Burg, das sind wir nämlich nicht, aber wer die Regeln halt nicht liest, oh ja, sez la cuolpa, selber schuld. Der Georg zählt die Billette nochmals nach, legt sie schön auf ein Bigeli und schaut nach vorne durch das Fenster zum Dorf hinunter.

Siehst du was, fragt der Georg vor dem Hüttli. Der Paul steht neben ihm und schaut durch den Feldstecher, hm, sagt er, noch sehe ich niemanden, wie spät ist es denn? Der Georg litzt den Ärmel seiner roten Skijacke nach hinten und schaut auf seine Armbanduhr, halb zwölf, bald schon fünf nach halb zwölf, oder fast schon zwanzig vor, wie die Zeit rast, schau nochmals, ob da wirklich niemand kommt, eigentlich müssten die ersten ja jetzt bereits da sein. Nein, noch kommt da niemand, sagt der Paul und dreht an der Schraube von seinem Feldstecher. Was ist denn, fragt der Georg. Hm, der da vorne kommt mir etwas dubios vor. Welcher denn, fragt der Georg und hält seine Hand gegen die Stirn wie ein Kapitän auf dem Schiff. Na, der dort drüben auf der anderen Seite vom Dorf, der mit den Langlaufbrettern, der sieht mir mehr nach einem Gauner aus als nach einem Langläufer. Der Georg lächelt. Du lach nur, sagt der Paul, beim anderen da habe ich auch gesagt, attenzione, da waren wir oben auf dem Pass, die Claire und ich, und einer ist auf den Langlaufski vorbei, und ich habe noch zur Claire gesagt, etwas mit dem da ist komisch, und erst ein paar Wochen später hat sich gezeigt, wer das war, ein Halunke war das, ganz genau, Gentleman-Gauner nannte man den, ich hatte mich noch gefragt, was dieser Langläufer mit der komischen Pilotenbrille und im schwarzen Anzug auf dem Pass machte, ein weltberühmter Gauner. Vielleicht hätten wir die Tafel ein bisschen weiter vorne aufstellen müssen, sagt der Georg, damit die Leute die Tafel auch sehen. Er steckt die Hände in die Hosentaschen. Der war auf abgelegene Hotels in den Bergen spezialisiert, sagt der Paul, und damit es nicht auffiel, musste er auch ein bisschen langlaufen, wie alle anderen Tourists halt auch, sonst wäre schnell mal klar gewesen, dass mit dem Herrn etwas nicht stimmte. Der schrieb sich in den teuren Hotels jeweils unter einem anderen Namen ein, manchmal hatte er noch eine hübsche Frau dabei, so eine mit langen Beinen, du weisst schon, und sobald es dunkel wurde, räumte er den Tresor Rubas e Strubas aus und verschwand so unaufgeregt, wie er aufgetaucht war. Fünfzig Jahre lang hat man ihn gejagt, ja, ja, fünf Jahrzehnte lang, der war nicht zu fassen, bis man an einem Freitagabend einen Beitrag über ihn im Farbfernsehen gebracht hat, wie hiess diese Sendung schon wieder? Etwas mit ungelöst jedenfalls, und am Tag darauf, an einem Samstagvormittag, hat ihn eine alte Frau erkannt, als er in Chur in der Migros am Einkaufen war, und hat gerufen, als sei ein Sprengsatz hinter den Joghurts versteckt. Der Georg schaut auf die Uhr. Ist aber kurz darauf wieder ausgebüchst, der Kerli, sagt der Paul. Oder wir lassen den Skilift ein bisschen laufen, damit die Leute sehen, dass er eingeschaltet ist, dann kommen sie sicher, sagt der Georg und schaut den Paul an. Der Paul gibt dem Georg den Feldstecher, der schaut durch und dreht an der Schraube, er fährt mit der Zunge über die Lippe, der sieht mir mehr aus wie der alte Lehrer, sagt der Georg. Dass der noch langlaufen mag, nach all den Jahren in der Schulstube, hm.

Sie sitzen auf dem Bänkli vor dem Hüttli. Im Hintergrund surrt der Skilift gleichmässig. Ein paar Wolken ziehen durch den Himmel und verdecken die Sonne. So hat sich das angefühlt, als man in die Schule gekommen ist, sagt der Paul und schaut in den Himmel, da sind plötzlich Wolken aufgezogen, aber mit der Schule habe ich abgeschlossen, sagt er und nickt. Mhm, sagt der Georg und holt eine Banane aus seiner Jackentasche. Der Kurtli, der arme Kerli, sagt der Paul und richtet seine Wollmütze, der zitterte jeweils wie ein Clown in der Garderobe vor der Turnstunde nur schon beim Anziehen vom Turnkostüm, ja, ja, der wusste ganz genau, dass der Lehrer, der alte Schnäbi mit der blauen Trainerhose, die er sich bis unter die Achseln hochzog, dass es sein ganzes Gemüse abzeichnete, ihn wieder auspeitschen würde wie eine Mistress, weil er die verdammte Kletterstange nicht hochkam, der arme Chaib. Der Georg schält seine Banane und beisst rein. Ja, bring einen Elefanten eine Kletterstange hoch, wie denn auch, das ist Füsik, das geht nun mal nicht, auch wenn der Herrgott im Himmel sagt, dass wir alle gleich sind, so gleich sind wir nun auch wieder nicht, den Pädagogus sollte man zum Ritter schlagen, der es hinbekommen würde, den Kurt die Stange hoch zu bekommen, dafür brauchte es ein Wunder, aber der Pilatus mit der Hose bis unter die Arme jagte alles, was mindestens einen Arm und zwei Beine hatte, die Kletterstange hoch und stoppte dabei die Zeit. Am liebsten wäre ihm gewesen, wir wären bis in den Himmel hinein geklettert und hätten dem Herrgott die Füsse geküsst. Willst du auch von der Banane, fragt der Georg und hält ihm die Banane hin. Wir mussten zwei und zwei vor der Kletterstange hinstehen, sagt der Paul und nimmt ein Stück von der Banane, und der Herr Lehrer mit der Trainerhose und der Pistole mit Platzpatronen schoss in die Luft, dass es rauchte, das war der Startschuss, wie im Fernsehen bei der Leichtathletik, wenn der Carl Luis losrannte wie ein Wahnsinniger, und wir kletterten wie Schimpansen die roten Stangen hoch bis zur Decke, aber der Kurtli schaffte nicht mal zwei Armzüge, da konnte der Affe so oft nachladen und schiessen, wie er wollte, da war nichts zu machen, der Kurtli blieb am Boden wie eine falsch gezündete Rakete, ai ai ai, dem Pontius schoss das Blut in den Kopf, dass er ihn am liebsten geprügelt hätte wie ein Schwein. Diese Tragödie wiederholte sich jede Woche von neuem, immer am Dienstagnachmittag. Genug lange Arme hast du ja bekommen, sagte der Lehrer, warum das damit nicht gehen sollte. Janu, sagt der Georg und legt die Bananenschale neben sich auf die Bank und lehnt sich zurück. Er hält die Arme hinter den Kopf.

Die Schule ist ein Gartenschlauch, sagt der Georg und schaut über die Landschaft, er steht vom Bänkli auf. Das mit dem Kurtli, das war die Ouvertür meiner Schulkarriere, sagt der Paul und steckt die Hände in die Jackentasche seiner blauen Skilehrerjacke mit dem Steinbock auf dem Ärmel, wie ein riesiges Holzportal, das knarrend aufgestossen wird, nachdem man bereits ein bisschen enttäuscht gewesen war über den Kindergarten, weil sich die zwei Kindergärtnerinnen geprügelt hatten, und das vor allen Kindern. Hm, sagt der Georg und nimmt sein Käppi runter und setzt es wieder auf. Wer einen Teddybären hatte, sagt der Paul und schüttelt den Kopf, der hielt ihm Augen und Ohren zu, denn da flogen die Fetzen, dass wir nicht wussten, ob man an diesem Morgen wieder gesund nach Hause kommen würde. Die Rosmarie mit dem dicken Hintern lag unter der Agnes mit den Zöpfen, die ihr an den Haaren riss. So eine schöne Prügelei hat man später selten gesehen, auch nach der Schulzeit nicht, und hinter den Theaterkulissen aus Karton schauten die Kinder mit grossen Augen hervor, als sei das eine Zirkusvorstellung, und Petrus im Himmel verdrehte die Augen, als würde er denken, nicht schon wieder, lasst das doch, es hat genug Liebe für alle. Der Georg drückt die Lippen aufeinander und nickt. Mitten im Zimmer gingen sich die Rosmarie und die Agnes an die Wäsche, und genau in diesem Augenblick packte die Selina meinen Kopf und drückte mir einen Kuss mitten auf den Mund, wie im Fernsehen am Schluss vom Film, nachdem der Gauner erschossen worden ist und daliegt wie ein Kartoffelsack, einen richtigen Kuss, dass ich die Trompeten der Engel und das ganze Gebimmel im Himmel hörte, er nickt und greift sich an die Sonnenbrille, sowas vergisst sich nicht, der erste ist immer für ewig. Der Georg legt ihm die Hand auf die Schulter. Natürlich konnte ich nicht ahnen, dass da noch eine ziemliche Ladung davon auf mich wartete, sagt der Paul, und noch sonst allerlei Schweinereien. Wie denn auch, sagt der Georg, das weiss man im Vornherein halt nicht. Aber ab diesem ersten Kuss wusste ich, sagt der Paul, dass die Selina und ich, wir zwei, das würde was Grosses werden. Wie spät ist es denn, fragt er. Der Georg litzt den Ärmel seiner Jacke hoch und schaut auf seine Armbanduhr, zehn nach drei. Er schaut in den Himmel. Der Paul schaut ihm über die Schulter. Hm, heute kommt glaube ich niemand mehr, sagt er, jonu, dann packen wir halt wieder zusammen, und morgen machen wir hier weiter. Die Saison hat jedenfalls begonnen, wir sind wieder da.

2

Im Hüttli an der Wand hängt Jesus am Kreuz. Seine rechte Hand ist abgebrochen. Es ist schon zehn nach neun, sagt der Georg und schaut auf die Uhr. Hm, sagt der Paul und nimmt den Orangensaft aus dem Kühlschrank. Neben dem Kühlschrank an der Wand hängt ein Plakat von einem Fussballer, der Paul steht davor und schaut sich das Plakat an, der Alfons, das war denn ein guter Fussballer, sagt er und zeigt mit dem Finger auf das Plakat, der beste, den ich je gesehen habe, ein Bauernsohn, der hatte eine Pumpe wie ein Dieselmotor, bekamst den nicht tot, sagt er und dreht sich zum Georg, Technik hatte er zwar nicht wirklich, aber das machte ihn unberechenbar wie der Wind, da wusste niemand genau, wie er den Ball mitnahm, mit welchem Fuss oder mit dem Innen- oder Aussenrist oder mit dem Knie, mit dem Bauch oder dem Kopf oder wie auch immer, irgendwie nahm er den Ball jedenfalls immer mit, und zac, schon war er an den Verteidigern vorbei, der war schnell wie eine Rakete, madre mia, wenn der mal losrannte, wie ein wild gewordenes Pferd, und vorne vor dem Tor hämmerte er einfach drauflos, volle Kanone, und jagte, pamf, den Sack wie ein Stein unter die Latte. Wir spielten mit sieben Verteidigern und zwei Mittelfeldspielern, die aber defensiv eingestellt waren, und mit dem Alfons als Stürmer, und sobald jemand von uns an den Ball kam, jagten wir den Ball einfach hoch nach vorne zum Alfons, und der Alfons mit seinen schwarzen Puma und der Neun auf dem Rücken rauschte übers Spielfeld wie eine Lokomotive, ja, das war eine schöne Zeit, so ein Stürmer ist eine Bank. Der schoss vier, fünf Töpfe pro Spiel, wenn nicht sogar mehr. Aber die Oligiarchen aus dem Unterland lasen eben auch die Zeitung, und denen ist natürlich nicht entgangen, dass es da bei uns so einen Kerli mit flinken Füssen gab, und schickten ihre Späher los. Bald darauf war er weg, ist sogar Schweizermeister geworden und hat auch gegen Kiew gespielt. Ja, ja, der Alfons, das war ein Crack. Er nickt und nimmt einen Schluck vom Orangensaft und legt ihn zurück in den Kühlschrank.

Der Georg sitzt auf dem Bänkli vor dem Hüttli und dreht am Radio mit der abgebrochenen Antenne. Der Paul steht vor der Wand und schaut auf das Thermometer, das an der Wand hängt. Ein bisschen warm für den Winter, meinst du nicht, fragt er und nimmt seine Wollmütze vom Kopf. Er klopft mit dem Finger gegen das Glas. Oh, das ist ein altes Thermometer, eine Schildkröte ist das, zeigt mit zwei Tagen Verzögerung die Temperatur an, sagt der Georg und dreht am Radio, das ist sicher schon futsch. Bist du sicher, fragt der Paul, so sicher wäre ich mir da nicht, dass es kaputt ist, aber auf der anderen Seite ist es auch fast unmöglich, dass das stimmt, was da steht, diese Zahlen können ja nicht stimmen, immerhin sind wir im Winter, und grad eine solche Flughöhe hat man im Winter doch nicht, ausser der Teufel hat mehr Kohle eingeworfen. Er streicht sich über die Backe und nimmt das Thermometer in die Hand, schüttelt es und hält es ans Ohr. Man müsste fast meinen, es werde immer wärmer, so wie die Wetterfrösche im Fernsehen sagen, aber der andere da aus La Merica, der Strohkopf mit den gelben Haaren, behauptet immer noch felsenfest, das sei alles nur gelogen. Wie der diese Frisur hinbekommt jeden Tag von neuem, das ist jedenfalls erstaunlich. Der Georg hält das Radio ans Ohr, es rauscht. Und das bisschen Schnee, das man uns noch gönnt, schmilzt jedenfalls dahin wie die Mädchenherzen bei Elvis, sagt der Paul, so richtig viel Schnee hat es afängs nur noch auf den Plakaten, da will man gar nicht daran denken, wie wir als Kinder jeden Winter wochenweise schulfrei hatten, weil man vor lauter Schnee nicht mehr aus dem Haus kam, der erste Schnee kam spätestens im November, und im April schneite es immer noch. Schneemauern hoch wie die Häuser von Parigi, wie will man das denn mal den Enkelkindern beibringen, die glauben glatt, dass wir lügen, und heute müssten wir auf die Knie und dem Himmel und den lieben Schwestern danken, wenn wir an Weihnachten etwas vom Pulver abbekommen, ist ja afängs eine kuriose Sache geworden mit dem Schnee, oh isch doch wohr. Der Georg kratzt sich am Hinterkopf. Und dann gibt es auch noch solche Pajasse, die sich getrauen zu behaupten, das Wetter sei wie vor fünfzig Jahren, er schüttelt den Kopf, also wenn das so weitergeht, sieht es hier bald aus wie in Marokko. Dort kann man auch Ski fahren, sagt der Georg. Der Paul schaut ihn erstaunt an, bist du sicher? Ja natürlich, sagt der Georg und nickt. Ach Saich, sagt der Paul, wie stellt man sich das denn vor, wenn man schon nicht mal auf dem Schneckenhof im Schwarzwald drüben schlitteln kann, oder? Wenn es hier nicht mehr schneien will, wer käme denn auf die Idee, nach Marokko in die Skiferien zu fahren. Der Georg legt das Radio auf die Knie und nimmt sich eine Zigarette aus dem Zigarettenpäckchen, natürlich kann man dort Ski fahren, sagt er und sucht nach den Streichhölzern. Da kommt einer, sagt der Paul und zeigt mit dem Finger. Der Georg schaut auf, die Zigarette fällt ihm aus dem Mund auf den Boden. Er nimmt sie auf und steckt sie zurück ins Päckchen. Sie gehen schnell um das Bänkli herum ins Hüttli und stellen sich hinter der Glasscheibe hin.

Warum geht er wieder, hast du den jetzt weggeschickt, oder was, fragt der Paul und schaut zur Glasscheibe raus dem Skifahrer nach, wie er mit den Ski über der Schulter wieder den Weg zum Dorf hinunter geht. Er dreht sich zum Georg um. Der wollte nicht zahlen, sagt der Georg und hebt die Hände, also grad gratis konnte ich den nicht rauflassen, ich bin ja nicht Mutter Teresa. Was nicht zahlen, sagt der Paul und schaut zum Fenster raus dem Touristen nach, der wird wohl nicht ohne Stütz den Stutz bis zu uns hoch gekommen sein, es ist ja landläufig bekannt, dass Ski fahren ein bisschen etwas kostet, es macht ja auch

Spass, wir sind ja nicht die Steuerverwaltung. Der wollte mit der Plastikkarte zahlen, sagt der Georg und hebt die Schultern, so habe ich ihn halt wieder weggeschickt, sowas geht hier natürlich nicht, wo kämen wir denn hin, da machen wir keine Kompromisse. Hm, sagt der Paul, auf was für Ideen die kommen, da staunt man, da machen sie den ganzen langen Weg über die Pässe, um hier Ferien zu machen, und lassen das Geld zu Hause, na sowas. Ich hatte den Zähler bereits parat, um zu klicken, wir müssen ja zählen, wie viele da hoch gehen, und den Skilift eingeschaltet hatte ich auch bereits, grad als wir zur Türe reingestürmt sind, habe ich den Schalter gedreht, dann schalten wir ihn halt wieder ab, und wir sparen uns den Strom, wir sind ja schliesslich noch in der Vorsaison, und falls doch noch jemand kommen sollte, lassen wir ihn wieder an, genau so machen wir das. Er geht zur Wand und dreht den Schalter. Es quietscht, der Skilift draussen vor dem Hüttli bleibt stehen. Die Bügel bewegen sich hin und her. Vielleicht kommt er ja morgen wieder, sagt der Georg und setzt sich auf den Stuhl, morgen ist ja auch noch ein Tag, aber ohne Geld lassen wir ihn auch morgen nicht rauf. Das ist ein bisschen einer wie der Cousin vom Beni von der Beiz unten im Dorf, sagt der Paul, ein komischer Vogel mit einem Schnauz mitten durch das Gesicht war das, da wusste niemand so recht, wo der sich rumtrieb, jedenfalls gehörte der so einem Club an, einer Sekte, sowas in der Art, und nachdem man ihn jahrelang nicht mehr gesehen hatte, tauchte er an einem Sonntag mit einer Gruppe von zehn Leuten in der Beiz beim Beni auf, alle verkleidet wie Ausserirdische, und haben so ziemlich die ganze Karte bestellt, Jesses, wie die assen, man konnte meinen, die hätten während Tagen nichts mehr zu futtern bekommen, einen Appetit hatten die, oh Dio mio, sowas sieht mal selten, nicht mal im Militär, die ganze Karte haben die leergefressen, und nachdem sie den Nachmittag entlang die halben Reserven vom Dorf verdrückt hatten, sind sie am Schluss aufgestanden und haben gesagt, dann Dieus paghi, vergelt's Gott, und sind gegangen.

Der Georg sitzt auf dem Bänkli in der Sonne mit der roten Kasse in der Hand und zählt das Geld nach. Der Paul liegt im Liegestuhl, wenigstens hat es am Wochenende etwas geschneit, sagt er, und heute ist Montag, da versteht man schon, dass die Leute zu arbeiten haben, der Montag ist ein Krüppeli, am Montag sind alle futsch und haben Launen wie alte Hühner. Er nimmt den Thermoskrug und schraubt den Deckel ab. Der Georg netzt die Finger an und zählt die Banknoten. Auf den Ohren hat er einen Ohrenschutz. Stimmt die Kasse, fragt der Paul, der Georg flüstert etwas vor sich hin und blättert die Banknoten. Jetzt, da wir etwas älter sind, könnten wir einen Wuchaplätzler brauchen, sagt der Paul, der uns etwas die Arbeit abnehmen würde, so einen Laufburschen, der könnte uns die kleineren Ämtli abnehmen, anstatt dass wir uns die Rücken kaputt machen müssen in unserem Alter, das wäre nicht verkehrt. Er nickt, einfach die Kasse, die würden wir schon noch selber machen, wie in Italien in den Bars, da sitzt auch immer der Capo hinter der Kasse, sonst darf da niemand ran, für die Wirtschaft sind die noch zu jung, man weiss ja nie, nicht, dass die schöne rote Kasse plötzlich weg ist, wie der Tresor von der Nachbarsgemeinde vor zwei Winter. Wie die da zu diesem kleinen Fenster von der Toilette eingestiegen sind, verstehe ich heute noch nicht, nur komisch, dass der Gemeindeschreiber drei Wochen später gekündigt hat und nach Canaria gezogen ist, das war etwas eigenartig. Böse Zungen behaupteten, dass er da seine feinen Hände im Spiel hatte, wie auch immer, den leeren Tresor hat man jedenfalls drei Dörfer weiter hinten im Tobel gefunden, der lag dort unten offen wie ein alter Kühlschrank, er leert vom Kaffee aus dem Thermoskrug in den Becher, so ist das, Sachen verschwinden halt. Der Kaffee dampft. Hmm, ist der gut, sagt der Paul, caffe complet, selber erfunden, zuerst leerst du den Kaffee in den Thermoskrug, dann gibst du etwas Milch rein und vier Esslöffel Zucker, schraubst den Deckel gut zu, schüttelst das Zeugs zünftig und pronto ist der Kaffee. Jetzt habe ich mich verzählt, sagt der Georg und nimmt die Banknoten wieder in die Hand, die er auf der Bank ausgelegt hatte, also, dann halt nochmals von vorne, nur zu hoffen, dass grad niemand in dieser Zeit auftaucht, er netzt die Finger und zählt die Banknoten. Ein Wuchaplätzler, sagt der Paul und hebt die Augenbrauen, dass wir nicht davor darauf gekommen sind, er nickt und trinkt seinen Kaffee. Und wenn wir mal nicht mehr sind, kann der Wuchaplätzler den Betrieb übernehmen, den schönen Schlepper, für Nachwuchs wäre somit gesorgt, der wüsste bis dahin ja, wie das hier funktioniert, den müsste man gar nicht mehr gross einarbeiten, ganz praktisch. Was hast du gesagt, sagt der Georg und nimmt den Ohrenschutz von den Ohren.

Sie stehen hinter dem Hüttli auf dem Hügel. Also, der da in der Mitte, das ist der höchste Berg, sagt der Georg und zeigt mit dem Kinn, in den Händen hält er eine Geografiekarte und blickt über den Rand der Geografiekarte hinüber auf die Berge und wieder auf die Karte. Er trägt eine Skibrille. Der Paul schaut mit dem Feldstecher runter zum Dorf, sieh mal einer an, wer da ins Dorf fährt, sagt er vor sich hin und folgt dem Auto auf der Strasse mit dem Fernglas, der Sohn vom Pfarrer. Das wäre mir aber neu, dass der Pfarrer einen Sohn hat, sagt der Georg und vergleicht die Berge mit der Geografiekarte. Natürlich ist das der Sohn vom Pfarrer, der sieht ja genau so aus wie der Pfarrer, ich würde nur gerne wissen, wer sonst im Dorf noch rote Haare hat. Der hat sicher nicht einen Sohn, das ist verboten, sagt der Georg. Es ist noch vieles verboten, sagt der Paul, aber wenn der Pfarrer der einzige mit roten Haaren ist, und da zufällig plötzlich ein Kind feuerrote Haare wie der Pfarrer hat, müsste das wohl gottgewollt der Sohn vom

Hochwürden sein, nicht? So viel von Logik verstehen wir zwei nun auch, willst aber nicht behaupten, dass die nie den Zauber zwischen den Beinen spüren. Er dreht an der Schraube vom Feldstecher, der wohnt aber schon lange im Unterland, handelt etwas mit Wertpapieren, frag mich nicht was, und hin und wieder taucht er auf, und jedes Mal, wenn er auftaucht, hat er einen grösseren Wagen, irgendwas muss der richtig machen, und jedes Mal hat er eine hübschere Frau dabei, ganz alles macht der nicht verkehrt, aber wie der das macht, das ist eine ewige Frage. Vom Dorf hoch hört man die Glocken läuten. Frag mich nicht, wie viele Kinder der hat, jedenfalls ziemlich ein paar, damit könntest du einen Kirchenchor auf die Beine stellen. Es windet. Und das dort hinten ist dann der zweithöchste Berg, sagt der Georg, genau, knapp tausend davon haben wir im Kanton, tausend Gipfel, das ist eine brave Menge, gut sechshundert Seen und beinahe vierhundert Skianlagen, und wenn man pro Einrichtung zwei wie wir zählt, kommen wir auf achthundert Leute, die an den Liften bügeln, eine ganze Armee also. Er holt ein Notizbüchlein aus der Innentasche und schreibt sich das auf. Was machst du da, fragt der Paul und schaut dem Georg über die Schulter. Das muss ins Schurnal, sagt der Georg. Hm, sagt der Paul und schaut wieder nach vorne, ein paar Enkelkinder wären schon auch nett, aber der Bengel hat nur anderes im Kopf, die Claire fragt hin und wieder durch die Blume, ob er nicht eine nette Frau gefunden hätte, die er vielleicht heiraten könnte, aber kasch tenka, Enkelkinder werden wir wohl nicht mehr erleben, ausgenommen, es passiert noch eine Miracla. Alleine siehst du ihn ja selten, den Freuden abgeschworen hat er ganz sicher nicht, siehst ihn ja immer wieder mal mit einer schönen Madam, wenn er im Dorf auftaucht, sagt der Georg und faltet die Geografiekarte zusammen, und die grüssen denn auch immer freundlich, ein bisschen in allen Sprachen. Sep scho, sagt der Paul und atmet tief ein, aber der hat nur Quecksilber im Kopf, der hat sie denk nur, um sie wieder zu verlassen, egal, wie zwäg die denn sind, der ist wie der Houdini. Wer, fragt der Georg. Der Houdini, der Harry, sagt der Paul, der Zauberer da aus La Merica, der Entfesselungskünstler, der fühlte sich auch erst dann frei, nachdem er sich befreit hatte, zuerst liess er sich ordentli anketten wie ein Kalb, um sich anschliessend mit viel Spektakel zu befreien, und sobald er sich befreit hatte, hatte er endlich das Gefühl, dass er frei sei. Er schüttelt den Kopf, wer das verstehen soll, er nimmt das Fernglas runter und richtet seine Wollmütze, ich verstehe das jedenfalls nicht.

Schon wieder Viertel vor vier, sagt der Georg, der neben dem Skilift steht, und stellt den roten Eimer vor sich in den Schnee, das hatten wir gestern doch schon mal. Die Skibrille hat er auf der Stirn. Noch ist das Licht nicht aus, sagt der Paul und lehnt seine Ski gegen seine Schulter. Blizzard steht auf den Ski. Ja, das mit der Liebe ist eine komplizierte Sache, kannst doch nicht jedes Mal einfach davo säckla, sagt der Paul, irgendwann musst du dich entscheiden, aber der Sohnemann hält es nicht so mit der Vernunft, und jedes Mal, wenn er wieder eine Frau mit nach Hause nimmt, denken die Claire und ich, dieses Mal ist es aber die richtige, und zwei Wochen später ist die Amore wieder in Scherben. Am Anfang haben wir uns noch Mühe gegeben, und die Claire hat gross gekocht und aufgetischt für die Künftige, aber inzwischen haben wir mit diesen Spässen aufgehört, das hat bei dem Bengel sowieso nicht Bestand. Dann schneit er wie ein nordamerikanischer Sturm zum Haus rein, er streicht mit der Hand über die Ski und putzt den Schnee weg, und am nächsten Tag die grosse Stille wie in der russischen Pampa, alles wieder aufgelöst. Der Georg hält den Kopf schief, ja, ja, ist schon eine eigenartige Sache, das mit der Amur, sagt er und schaut auf die andere Talseite. Ist halt ein Zauderer, sagt der Paul, ein Zauberer, fragt der Georg, ja, das vielleicht auch, sagt der Paul und hält auch den Kopf schief, und andere lieben eine Frau ein Leben lang.

3

Der Himmel ist bewölkt. Da fehlt ein Bügel, sagt der Georg und schaut den Skilift an, das kann gar nicht sein. Halt mal an, sagt er und dreht sich zum Paul. Der Paul schaut zur offenen Hüttentüre raus, was hast du gesagt, fragt der Paul und hält die Hand ans Ohr. Anhalten, sagt der Georg, halt den Schlepper an. Ja, aber warum denn, fragt der Paul, jetzt habe ich ihn doch erst gerade vor einer Viertelstunde eingeschaltet. Er schaltet den Skilift ab, ja, was ist denn? Da fehlt ein Bügel, so der Herrgott will, sagt der Georg und zeigt mit dem Finger nach oben. Wie bitte, sagt der Paul, das wäre mir aber neu. Er kommt aus der Hütte und steht neben dem Georg hin, du hast dich sicher verzählt. Nein, nein, sagt der Georg, da kam viel zu lange nichts, da fehlt ein Teil, das sieht man doch sofort. Er holt im Hüttli das schwarze Isolierband aus dem Schrank, dann schauen wir mal, und klebt vom Isolierband einen Streifen um den orangen Hals vom Bügel, soli, mit diesem fangen wir an, und du lässt den Schlepper nochmals laufen, und dann sehen wir. Hm, sagt der Paul, aber ist das nun der erste oder der letzte, den du markiert hast, das ist nämlich ein Unterschied, der erste ist nicht der letzte, wo fängt das an und wo ist finito, fragt man sich, sonst ist das nämlich unendlich, das hört niemals auf, ist ja streng genommen ein Kreis. Das ist der erste hier, der markierte mit dem Isolierband, sagt der Georg, also los, er holt das Schurnal aus der

Jackentasche und einen Bleistift, ich bin parat. Der Paul geht zurück ins Hüttli. Da kann doch nicht einfach ein Bügel verschwinden, sagt er vor sich hin und schüttelt den Kopf, aber wenn der Herr wünscht, dann zählen wir nochmals nach, da kommt man sich vor wie im Militär, da wurde auch alles immer noch mehrmals nachgezählt, um sich ja zu vergewissern, dass noch alles da ist. Er macht die Türe vom Hüttli auf, da wollte so ein Holzkopf von Korporal doch tatsächlich, dass ich die Blachen nachzähle, wo bereits drei kräftige Soldaten das gemacht hatten. Blachen, so Tarndinger für die Camuflasch, und der Corpi zitterte bereits wie ein Schlauch schon nur beim Gedanken daran, dass eine Blache fehlen könnte, und hat mir lang und breit den Befehl erteilt, auf die Knie zu gehen und die Blachen nachzuzählen, was ich auch ohne Protest gemacht habe, sonst kommt man in die Büchse. Zehn Stück auf den Punkt genau, habe ich gesagt, aber dem Herrn Korporal waren die Knochen bereits steif vor Angst. Sind Sie sicher, hat er gesagt, so sicher wie der Tod, der Herr Korpskommandant, habe ich gesagt und bin aufrecht hingestanden wie ein Telefonmast, aber der Lappi hat mir nicht geglaubt, als ob ich nicht auf zehn und zurück zählen könnte, ohne auf das Telefon zu schauen, so dass es mir den Deckel gelupft hat, was mir fünf Tage Einzelhaft einbrachte. Er geht ins Hüttli und lässt die Türe offen. Vor der Schalttafel bleibt er stehen und schaut die Knöpfe an, er kratzt sich am Kopf. Das waren dann Tage lang wie Autobahnen. Mhm, ab dann habe ich mich nicht mehr quergestellt. Protestieren bringt nichts bei denen, die vor Angst sterben, die Angst ist stärker als sie, ja, ja, da hat man keine Chance, ausser zu schweigen und die Blachen halt doppelt nachzuzählen und noch ein drittes Mal, sonst nimmt das kein Ende. Er kippt den Schalter um, der Skilift geht an, und der Georg zählt die Bügel. Er macht bei jedem Bügel einen Strich ins Schurnal.

Es schneit. Sie sind im Hüttli am Jassen. Das verstehe ich nicht, sagt der Paul und lehnt sich auf die Ablage, da verschwindet einfach ein Bügel. Du bist dran, sagt der Georg und zeigt mit dem Finger auf die Karten. Ach so, sagt der Paul und nimmt eine Karte auf, das waren Trickdiebe, da wollte uns jemand einen Streich spielen. Sicher waren das diese Löffel aus dem Nachbarsdorf, da sind einige, die nur so vor Impertinenz strotzen. Er schaut sich seine Karten an, hm, und nimmt die Weinflasche unter dem Tisch hervor und schenkt nach. Wenigstens schneit's, sagt der Georg, du bist dran, und schaut über die Karten hinweg auf den Tisch. Material verschwindet nicht einfach so, sagt der Paul und hebt die Schultern, ausser auf der Alp, wenn der Blitz einschlägt. Aber da waren wir noch Bengel, und Petrus im Himmel hat den Radar falsch eingestellt und uns den Zaun weggezaubert. Wir hatten eben den neuen Zaun fertiggestellt, mit den schönen, neuen Pfösten, die die Bauern erst gerade auf die Alp gebracht hatten, bevor sie sich in der warmen Stube niedergeschossen haben, und den roten Isolatoren. Der Draht war gespannt wie bei einer Harfe, als dunkle Wolken aufgezogen sind, er zieht den Kopf ein und schaut an die Decke, und kurz darauf ist ein Jahrhundertgewitter ausgebrochen. Da muss Petrus den Blitz falsch gesteuert haben, jedenfalls schlug die Ladung im Zaun ein, danach war nichts mehr vom Zaun zu sehen, einfach furt, als wäre er nie da gewesen, der schöne Zaun, dass jeder uns für Lügner gehalten hätte, dem wir gesagt hätten, wir hätten den Zaun gebastelt, so dass wir das halt für uns behalten haben, um sich die Blamasch zu ersparen. Er trinkt.

Du bist dran, sagt der Georg und legt eine Karte auf den Tisch. Die Post ist vorletztes Jahr ja auch verschwunden, auch wenn nicht ganz so spektakulär wie der Zaun auf der Alp, sagt der Paul. Aber da haben wir, im Gegensatz zum Vorfall mit Petrus, dann aber schon protestiert. Die ganze Gemeinde ist da auf die Hinterbeine, lang hat man aber nichts gehört, bis dann mal ein Brief kam, der Protest sei bei ihnen denn eingegangen und man denke darüber nach. Aha, haben wir gedacht, die denken aber lange, und auch ein paar Monde später hatte man noch nichts gehört, der Sommer war schon fast tot, bis der Präsident, der alte Seppi noch mit dem Hinkebein, das Herz in die Hand genommen hat und vorstellig geworden ist in Bern. Der war geladen, ich sage dir, als hätte man ihn gestochen, aber kasch tenka, nicht mal zum Portal rein hat man ihn lassen, und zwei Monate später war die Post zu, adios, und der Pöstler lief herum wie ein angeschossenes Tier, nachdem ihm bereits die Katze abgelegen war zwei Wochen davor. Der Georg nimmt eine Karte auf und legt die Stirn in Falten. Da hast du dein Leben lang gebügelt und nur selten die Briefe vertauscht oder geöffnet, treu wie ein Bernhardiner, sagt der Paul, und plötzlich stehst du nackt vor der Gemeinde, für den Pöstler war das, als würde der Teufel ihn ins Grab runter bitten. Wie das schneit, sagt der Georg und schaut zum Fenster raus. Flocken wie Blumenblätter, sagt der Paul, richtige Blätz sind das, da leuchtet einem grad das Herz auf. Der Georg legt die letzte Karte hin und lächelt.

Es schneit immer noch. Der Georg steht vor der Hütte und schaufelt den Weg zum Skilift frei. Der Paul steht bei der Schneefräse und kontrolliert das Benzin. Der Schnee steht ihm bis zu den Knien. Auf dem Kopf hat er seine Wollmütze. Im Hintergrund rattert der Skilift. Bald ist Mittag. Hörst du, wie schön das unter den Schuhen knirscht, sagt der Paul, das ist wie das Lied aus unserer Kindheit. Der Georg hält inne und schaut auf, er nickt, stützt sich auf seine Schaufel und steckt sich eine Zigarette an. Das liebten wir bereits als Kindels, sagt der Paul, wie viele Gebete wir in den Himmel rauf gejagt haben, will niemand wissen, das müssen Hunderte gewesen sein, ganze Gebetssalven schossen wir hoch wie Leuchtraketen, der Herrgott lasse doch bitte schneien, und er war denn grosszügig mit uns, der Allmächtige, ganze Lastwagenladungen warf er uns mit beiden Händen vor die Haustüre, als würde er sagen, nehmt, so viel ihr wollt, ich habe noch genug davon für die nächsten tausend Jahre. Stand man auf einem Hügel und schaute auf das Dorf hinunter, konnte man meinen, es sei verschwunden. Der Georg sucht nach den Zündhölzchen. Er tastet seine Taschen ab, wo habe ich nur meine Schwebels hingelegt, sagt er vor sich hin, die hatte ich doch erst grad noch, hm. Der Paul nimmt den Benzinkanister und schraubt den Deckel auf. Er leert Benzin in den Tank. Aber grad alle hatten nicht ihre Freude am Schnee, sagt der Paul, mal abgesehen vom Totengräber, der hatte im Winter frei, wie willst du jemanden im Winter begraben, die mussten kaltgestellt werden bis zum Frühling. Die meisten hatten sich angewöhnt, im Sommer zu sterben und nicht im Winter, aber hin und wieder gab es halt einen Querulanten, der sich nicht an die Vorgaben halten wollte, auch wenn das von der Gemeindeversammlung ausdrücklich so erwünscht war. Aber wenn sie mal gestorben sind, ist da meistens nicht mehr viel zu machen, gestorben ist gestorben, oh jo. Das siehst du schon von weitem, ob einer am Gehen ist, die Alten leuchten vor dem Tod, dann werden sie fast durchsichtig im Schnee, er nickt, siehst sie beinahe schon davonschweben, und dann weisst du, die kommen nicht so schnell wieder. Er richtet seine Wollmütze und streckt seinen Rücken durch. Der Georg sucht immer noch seine Zündhölzchen, Kopf nomol, die können sich doch nicht einfach in Luft auflösen. Das hat man bei den anderen auch gedacht, sagt der Paul und bückt sich zur Schneefräse runter, die auf der Alp waren. Aus Südtütschland hatte man die engagiert, und sobald sie weg waren, wussten wir auch, dass die nicht mehr aufzufinden sein würden. Er schraubt den Tankdeckel der Schneefräse zu. Wie das halt hie und da mal vorkommt, hatte es in der ersten Woche vom Alpsommer geschneit, weswegen man nicht gleich ein schlechtes Gewissen haben muss, immer trifft Petrus hoch oben in den Wolken nicht die Knöpfe. Blumenmenschen aus dem Schwob waren das, so ein paar Hippis, eine ganze Gruppe, oder Kommune, oder wie die sich auch immer nannten, bei denen niemand so recht wusste, wer jetzt mit wem war und warum, ein grosses Durcheinander, die wussten wohl selber nicht genau, in welches Bett sie abends gehörten. Jedenfalls wollten die die Alp hinten im Tal machen, stolz wie Gückel waren sie angereist und mit viel Brimborium den Weg hoch zur Alp gegangen wie bei einer Prozession am Ostermontag. Und das Dorf weiss noch ganz genau, wie der Clemens nach dem Alpbesuch am dritten Tag schockiert mit seinem Aebi ins Dorf hinuntergefahren kam und bereits von weitem rief, als hätte er gerade die Höhle vom Jesus von Nazareth leer vorgefunden, die sind alle blutt dort oben auf der Alp, alle blutt. Der Georg steckt seine Zigarette zurück ins Päckchen. Der alte Clemens konnte sich nicht mehr einholen, der hat das noch Jahre später auf dem Totenbett wiederholt, sagt der Paul, alle blutt, als wären sie selber Vieh, um

Gottes Willen, was haben wir da für Leute angestellt. Das ganze Dorf war in Scham versunken, Jesusmaria, als wäre uns am Abend davor das Gleiche passiert wie den Leuten in Grasse bei der Hinrichtung vom Parfümier. Er geht um die Schneefräse herum und fasst den Griff der Schnur. Und nachdem es am siebten Tag etwas geschneit hatte dort hoch oben auf der Alp, war die ganze Bande am nächsten Morgen furt, über Nacht abgehauen, wie vom Erdboden verschluckt, furt und verschwunden. Die Kühe oben auf den Weiden hatten Euter dick wie Dudelsäcke, dass man meinte, sie würden nächstens explodieren, und von den Hippis keine Spur. Er richtet seine Wollmütze, zieht kräftig an der Schnur, und die Schneefräse geht an.

Der Paul steht im Hüttli und poliert den Pokal. In der Hand hat er einen weissen Lumpen, der Georg macht eine Büchse mit Birnen auf. An der Wand ist eine Uhr, sie zeigt zehn nach zwei. Einen Büchsenöffner oder sowas müsste man erfinden, sagt der Georg und hebt den Büchsenöffner hoch, dann wären wir reich. Wie der andere da aus Davos, sagt der Paul und hält inne, Alfred oder Anton oder Anselm hiess der. Er schüttelt den Lumpen aus, und sowieso, das muss gute Luft dort oben haben in Davos, die haben nicht nur den ersten Skilift der Welt fabriziert, da sind noch sonst ziemlich ein paar glücklich geworden, frag mich nicht warum, wo Davos doch auf Romanisch hinten heisst, jedenfalls der andere da, der Alberto, das wollte ich ja erzählen, der hat diesen Sparschäler Rex erfunden und damit Millionen gemacht, aber frag mich nicht, wie man den Nachnamen von dem ausspricht, da verrenkst du dir den Kiefer dabei, so complicau ist dieser, ja, ja, die letzten, die sind meistens zuvorderst anzutreffen, mhm. Der Georg faltet den Deckel der Büchse nach hinten und legt den Büchsenöffner auf die Seite. Sogar auf der Fünfzigernote ist eine Dame aus Davos mit Foto drauf, sagt der Paul, mit einem schönen Hut, so einen hatte die Claire auch. Aber heute werden wir noch keine Millionäre. Er haucht gegen den Pokal und wischt mit dem Lumpen darüber, vor dem Fenster schneit es. Willst du auch, fragt der Georg und hält ihm die Büchse mit Birnen hin.

Schade, gibt es das jährliche Skirennen nicht mehr, sagt der Paul und hält den Pokal gegen das Licht, da war das ganze Dorf auf den Brettern, am Samstagabend in der Mess wurden die Ski gesegnet, der Pfarrer stellte vorne vor dem Altar einen Kessel mit Weihwasser auf, und dort konnte man die Ski eintauchen und ein paar Gebete aufsagen, ich sage dir, das machte grad was aus, das ist denn ein Unterschied, ob du gesegnete Bretter hattest oder heidnische Latten. Ich könnte mich an keinen erinnern, der je mit ungeweihten Ski gewonnen hätte. Das ganze Dorf war an diesem Tag auf den Beinen, sogar die Alten wurden in Kisten hoch zur Piste geschleppt, damit sie auch etwas vom Plausch abbekamen, und der Barclamiu, der Gemeindeschreiber, stand mit der Stoppuhr beim Ziel-S und stoppte die Zeit, halt so genau es halt ging, man will ihm ja nicht gerade unterstellen, dass er extra verzögert hätte, aber beim einen oder anderen waren die Abstände dann doch suspect gross. Wie auch immer, vor dem Start spielte die Dorfkapelle im Zielraum, und dann jagten die Fahrer wie Räuber über die vereiste Piste, eisig wie ein Gletscher war die Piste, da sind denn viele über die Auffangnetze in die Tannen geflogen. Und wir am Schlepper hatten so viel zu tun wie sonst kaum mal im Jahr und schufteten wie die Heizer auf den Lokomotiven, um den Schlepper aus der Reserve zu locken, der Schlepper lief auf Maximum, volle Kadenz, und zog die ganze Bagasch mit vierzig PS den Hang hoch, dass es nur noch rauchte und quietschte, und am Schluss gab es meistens eine Rauferei, bei all den Emotionen, die sich da angestaut hatten, das gehörte einfach zum Plausch, bevor es beim Beni unten in der Beiz weiterging für drei Tage. Er hält den Pokal nochmals gegen das Licht und macht ein Auge zu, soli, sagt er und lächelt und stellt den Pokal zurück auf den Kühlschrank, aber seit die Jungen aus dem Dorf verschwunden sind, macht das nicht mehr wirklich Spass. Der Georg stellt die leere Büchse auf die Ablage und sucht in der Schublade nach den Zündhölzchen, wohin die nur verschwunden sind, das wüsste ich auch gerne, sagt er vor sich hin.

Die Uhr an der Wand zeigt fünf vor vier. Einen Grappa hätten wir uns heute denn schon verdient, sagt der Paul und holt die Grappaflasche aus dem Hinterzimmer, er stolpert am Stägatritt, hoppala, der ist aus den Südtälern, sagt er, die wissen schon, wie man den Grappa brennt, und die trinken ihn dort mit links, weil die linke Hand näher beim Herzen ist. Er zieht den Zapfen raus, den hat mir der Pirschbär gebracht, so ein Hotelier, der Alte der vorletzten Freundin vom Sohn, dem Bengel, die sind gleich mit der ganzen Karawane aufgetaucht, als würden wir hier eine arabische Hochzeit feiern, die Claire und ich haben uns etwas beschämt angeschaut und das böse Spiel mitgespielt, so ernst meinte es der liebe Sohn vermutlich schon nicht, wie sie vielleicht glaubten, und die lieben Gäste haben gleich auch noch diesen anständigen Grappa hier mitgebracht, das macht man denk bei denen so, anstatt der Friedenspfeife trinkt man eben so feine Brennwasser zusammen, was so viel heisst wie, scho recht. Aha, sagt der Georg und schaut den Paul an, und wie hiess der denn jetzt schon wieder genau? Pirschbär, habe ich doch schon gesagt, sagt der Paul und bleibt mit dem Grappa in der Hand stehen. Aber, sagt der Georg, der wird wohl nicht so heissen, er hebt die Augenbrauen an, das wäre dann doch etwas eigenartig gewählt, würde man meinen, oder nicht? Nein, nein, der heisst schon nicht so, sagt der Paul, der heisst Pierre-Gilbert, aber seit klein auf nennen ihn halt alle Pirschbär, du weisst ja, wie die Kindels sind, da hat die Kindertante am ersten Tag vom Kindergarten diese kleinen Knöpfe einen nach dem anderen nach dem Namen gefragt, als sie da im Kreis sassen wie Indianer, und als der Hotelier dran war, hat er Pirschbär gesagt. Die Tante ist fast farruct geworden, dass der freche Kleine sie schon bei der ersten Wortmeldung überhaupt verarschen wollte, doch, Pirschbär, dem süssen Knopf schossen bereits die Tränen in die Augen, was für eine Tragödie, und bevor er losheulte wie ein Krankenwagen, schaute die Tante noch gschwind auf der Liste nach, ob da wirklich so getauft worden war um Gotteswillen, et voilà, da gab es zwar keinen Pirschbär, aber einen Pierre-Gilbert, was niemanden, auch nicht später denn, noch kümmerte. Die Claire sagt immer, der erste Eindruck ist ein Fluch, den wirst du nicht mehr los. Ach so, sagt der Georg und stellt die zwei Gläser für den Grappa bereit, der Paul schenkt ein. Sie stossen an, na dann, Viva.

4

Der Nebel hängt in den Bergen, die Bergspitzen sind nicht zu sehen. Der Georg steht vor dem Hüttli und macht die Fensterbalken auf. An der Wand neben dem Fenster ist eine kleine Emailtafel mit der Aufschrift «Freiluftstation 45 kV.» befestigt. Der Paul kommt auf dem Moped angefahren. Auf dem Kopf hat er seine Wollmütze. Der Georg winkt ihm zu, du bist ein bisschen spät dran, man dachte bereits, du würdest gar nicht auftauchen. Der Paul schaltet das Töffli ab, das wäre jetzt grad blöd gewesen, wenn hier eine ganze Schar angestanden wäre, sagt er, gut ist es am Morgen früh meistens etwas ruhiger, er stellt das Moped gegen die Hüttenwand, soli, und lächelt den Georg an. Ein Puch Maxi S ist das, das sind die besten, kriegst die nicht futsch, das fährt mir jetzt bereits seit Jahrzehnten ohne zu klagen, manchmal hustet er ein bisschen zum Uspuff raus, aber das ist bei diesen alten Göppeln halt so, ja, ja, das Material hat hier Bestand, ein bisschen frisiert habe ich es auch noch, das schöne Töffli, damit es ein bitzali schneller fährt und man auch vorwärtskommt, falls ich mal im Hintertreffen bin. Das Mopedli fährt fast in Lichtgeschwindigkeit, sep scho, sagt der Georg, zuverlässig wie die Rhätische und steht immer parat, wenn der Pilot auftaucht. Dabei müssen wir fast den Holländern auf ewig und semper dankbar sein, sagt der Paul und zieht seine Handschuhe aus, dass es das schöne, rote Bähnli überhaupt gibt, hätte der Niederländer da mit dem noblen Bart und dem Binocular nicht den Bündnern etwas Feuer unter dem Hintern gemacht, ja, wer weiss dann, der hat eben die Idee von diesem schönen Bähnli gezündet, aber frag mich nicht, wie die diese vielen Tunnels in die Berge gehauen haben, da hat's einiges an Dynamit gebraucht, um die Löcher da rauszusprengen. Der Georg zündet sich eine Zigarette an. Dafür staunen und nicken heute die Japaner, sagt der Paul, wenn sie durch den Kanton fahren und die Landschaft am Fenster vorbeizieht wie im Film. Aber ganz alle sind denn nicht schwindelfrei, wie dieser Japaner, der nicht mehr aus dem Staunen rauskam und dabei Bier getrunken hat wie Gold, dass ihm grad zimli trümlig im Kopf geworden ist, ja, das trinkt sich halt nicht wie Wasser, immer piano piano, wenn man nicht daran gewöhnt ist, sonst steigt dir das Zeugs grad hoch in den Kopf, in dieser Höhe geht das nochmals schneller, und weil er die Tualetta nicht sofort gefunden hat, hat er im hintersten Waggon zur Türe rausschiffen wollen und ist rausgefallen. Der Georg lächelt, ja, so geht das manchmal, sagt er und schaut in den Himmel, heute wird's jedenfalls schön, es tut sicher noch auf. Der Paul stellt seinen Rucksack in den Schnee, dann lass uns den schönen Schlepper ölen und anwerfen.

Der Skilift vor dem Hüttli ist an, er rattert gleichmässig. Warum warst du denn heute so spät dran, fragt der Georg und schaut zum Fenster vom Hüttli raus, ob denn jemand kommt. Schreib das dann nicht öppa ins Schurnal, sagt der Paul und packt ein Einmachglas aus dem Rucksack, schau, das ist für dich, von der Claire, Apfelmus, er lächelt, kannst das über die Maccaruns leeren. Oh, sagt der Georg und nimmt das Glas in die Hand, das hat man dann gerne, damit konnte man mich bereits als Kind bestechen. Der Paul legt das Schafsfell auf dem Stuhl zurecht und setzt sich hin, ich habe noch ein bisschen was machen müssen, sagt er. Meine Drittklasslehrerin, die Tante Seppa mit den Locken, die kam auch immer zu spät, war aber Europameisterin im Hornschlittenfahren, jede zwei Wochen war der wieder was anderes gebrochen, mal der Oberarm, dann das Schienbein, das Schlüsselbein und ein paar Rippen, dann wieder die Nase, die ganze Zeit war da was kaputt an der, sagt er, stell dir vor, wie die die Berge runterrasten wie Gladiatoren auf diesen Hornschlitten, einen Helm hatte sie schon auf dem Schopf, aber trotzdem, diese Monster sind schwer zu steuern, das sind Lokomotiven, da jagt es dich dann schneller raus ins Gjätt, als dir lieb ist, er nickt. Aber so ist das mit dem Prestisch, zu den Sternen kommt man nur durch die Bitternis, das wussten schon die Römer, er holt eine Flasche Rotwein aus dem Rucksack und hält sie in den Händen. Dafür haben wir aber das hier, er schaut die Etikette an und lächelt, ohne die Römer wüssten wir gar nicht von dieser feinen Sache hier. Der Georg legt die Billete in Bigeli bereit, die blauen auf einen Haufen, die grünen für die Kindels, soli, und die rosaroten für die Pensionäre, ja nicht Senioren sagen, sagst du einem Pensionär, dass er ein Senior ist, oh dann oho, da sind sie empfindlich. Die haben also nicht nur das Römisch aus Rom mitgebracht, sagt der Paul und schaut die Weinflasche an, das mit dem Rhätischen einen schönen Mix ergibt, das Rätorömische, sondern auch noch gleich den feinen Trank mitgebracht, um dieses verschwiegene Volk zum Reden zu bringen, mhm. Er stellt die Flasche auf der Ablage ab und dreht das Radio mit der abgebrochenen Antenne an. Es spielt Jazz.

Ist das ein Schneehase dort vorne, sagt der Georg und schaut den Hang hinauf. Wo, fragt der Paul und schaut dem Finger vom Georg entlang wie einer Flinte nach, hm, da, sagt der Georg, dort hinter dem Hügel, und furt ist er, verschwunden. Ich habe nichts gesehen, sagt der Paul, wie denn auch, diese Dinger siehst du doch gar nicht, sind ja so weiss wie Schnee. Er richtet seine Wollmütze, der alte Placi mit dem Holzbein aus dem Nachbarsdorf, der hatte so einen, einen Preishasen, auch einen weissen, sagt er und schaut zum Hang hinauf. Was hatte der, fragt der Georg und holt sein Schurnal und einen roten Bleistift aus der Jackentasche. Er hält den Bleistift hoch und schaut sich die Spitze an. Die Spitze ist abgebrochen. Einen Preishasen, sagt der Paul, einen khoga süassa, und der Nachbar, der jüngere da von den Berthers, der hatte Geburtstag und hat ein Gartenfest gemacht und ein paar Leute eingeladen, wie man das halt so macht, und einer dieser Compagnons hatte eben seinen Jagdhund dabei. Wo habe ich nur diesen Bleistiftspitzer, das ist ein bisschen eigenartig afängs, wie die Sachen in letzter Zeit verschwinden, sagt der Georg und tastet seine Hosensäcke ab. Auf jeden Fall, ein prima Fest war das, sagt der Paul, also schon tiptop, als eben plötzlich weit nach Mitternacht der schöne Jagdhund mit dem Preishasen vom Placi zwischen den Zähnen auftauchte, man wollte gar nicht wissen, wo der Hund den Hasen alles durchgeschleiggt hatte, der sah aus, oh Dio mio, der war voller Erde, und der Berther und seine Onturasch sind natürlich huara verschrocka und haben sich gedacht, per l'amur da Diu, was machen wir denn jetzt, als einer der Gäste, alle afängs etwas ziemlich betrunken, vorgeschlagen hat, den Hasen zu putzen und waschen und zurück in den Käfig zu tun, was sie auch gemacht haben, der Hase sah aus wie neu, und haben ihn zurück in den Käfig getan, etwas Stroh rundherum gelegt, den Käfig wieder zugemacht und sich ins Haus verkrochen. Und am nächsten Tag, sagt der Paul und hebt die Augenbrauen, als sie im Garten am Aufräumen sind, kommt plötzlich der alte Placi mit dem Preishasen an den Ohren an den Gartenzaun, bleich wie die Bettwäsche vom Allmächtigen. Was ist denn passiert, hat der junge Berther gefragt, ist der Hase letzte Nacht gestorben? Nein, hat der Placi gesagt, er ist bereits vorletzte Nacht gestorben, und ich habe ihn gestern begraben, und heute war er wieder im Käfig. Der Georg steckt den Bleistift und das Schurnal wieder ein.

Ein Helikopter fliegt über sie hinweg, das ist die Rega, sagt der Paul und hält die flache Hand vor die Stirn, hm, wo die schon wieder hinfliegt, er schaut ihr nach. Die hatten wir auch bereits hier, sagt der Georg, drei Mal in so vielen Jahren, der hat uns fast das schöne Hüttli weggeblasen. Das macht denn schon noch Eindruck, wenn so ein Vogel vor deinem Hüttli landet, Kopffriedli, sagt der Paul, das bläst dich fast aus den Schuhen. Aber gestorben ist hier noch niemand, das ist schon mal guat, wegem Skifahren meine ich denk, sonst haben auch wir das zur Gewohnheit hier, aber die meisten sterben zu Hause, wie es sich gehört, und nicht öppa auf der Skipiste. Obwohl, einer hatte mal eine Herzbaracca und ist abgelegen wie im Film, aber das war gottgewollt, dafür können wir nichts, wia denn au. Sterben will man gut, sagt der Georg und kratzt mit der Schneehexe den Schnee zum Schlepplift hin, soli, sagt er, genau ein Meter breit ist die Schlaufe zum Anstehen, das muss exact sein, so haben genau zwei und zwei Platz nebeneinander und niemand kann bschissa beim Anstehen, aber wir müssten wieder mal den Ernstfall üben, bevor die Gäste kommen, das steht nämli im Reglement, ein Mal pro Jahr muss ein Präzedenzfall durchgespielt werden. Ein paar Beinbrüche und Trümliköpfe haben wir afängs erlebt, sagt der Paul, und einer ist uns sogar mal gegen das schöne Hüttli gefahren, pamfatè, dass wir beide aufgeschreckt sind und die Suppe über die Hosen ausgeleert haben, man meinte fast, der fahre uns durch die Hüttenwand hindurch, so schnell wie der angerauscht kam, hat sich ein paar Zähne ausgeschlagen, der Arme, wo doch jeder Greis weiss, dass man in Sichtweite zum Hüttli afängs etwas abbremst, natürlich, es bremst meistens auch, wenn man gegen das Hüttli fährt, aber ganz die feine Art ist das nicht, sagt er und geht hinter das Hüttli und zieht den Rettungsschlitten an den Hörnern aus dem Hinterhalt. Er schlägt sich dabei den Kopf an der Dachrinne an, Copfertelli, sagt er und fasst sich an den Hinterkopf, jetzt habe ich mir schon wieder die Rübe angeschlagen, das passiert mir aber auch jedes Mal, wenn ich das Ding aus dem Hinterhalt hole, also nächstes Jahr belassen wir die Bahre dort, wo sie ist, das bringt nur Unglück. Er dreht sich um, steckt die Hände durch die Lederschlaufen, packt die Griffe vom Rettungsschlitten und zieht ihn nach vorne bis vor das Hüttli, sodali. Und jetzt musst du da rein, sagt der Georg und stellt den Verbandskasten auf dem Bänkli ab, so steht es im Regelwerk, wir müssen das denk eins zu eins durchspielen, das ist eine ernste Sache, Abkürzungen gibt's da nicht. Was, ich, fragt der Paul und hält den Zeigefinger an die Brust, aber warum ich, es wäre in der Regel dein Turnus, dieses Jahr bist du dran. Der Georg schüttelt den Kopf, wenn du dir schon den Schädel angeschlagen hast, musst du auch den Verunglückten spielen, das ist ja dein Verdienst, die Dachrinne war schliesslich vor dir da. Also gerecht ist das nicht, sagt der Paul und hebt die Augenbrauen, das hat der alte Pieder mit dem Gehstock auch immer gesagt, wenn er in der Mitte von der Strasse spazierte und ein Auto angefahren kam und hupte, dann drehte er sich um, hob den Stock und rief, ich war zuerst da. Bis die alte Frau mit dem VW Cäfer ihn über den Haufen gefahren hat. Er richtet seine Wollmütze, dann gebe ich halt nach, so klug sind wir schon, immer zahlt es sich nämlich nicht aus, auf sein Recht zu beharren, sagt er, legt sich in den Schlitten und der Georg schnürt ihn zu, et vualà. Er macht sich eine Notiz ins Schurnal, das ging ganz flott, jetzt sind wir wieder a Schur, sagt er und nickt.

Wie auf dem Dach der Welt ist das, wenn man hier steht und übers Nebelmeer schaut, sagt der Paul, man meinte fast, man könne über dieses Wolkenmeer laufen wie Jesus übers Wasser. Nur dürfte es noch etwas schneien, Coffertami, aber der Himmel will nicht, eine Provocaziun ist das. Das Telefon im Hüttli klingelt. Hm, sagt der Georg und schaut den Paul an, wer ist denn das? Der Paul schaut den Georg an, wie soll ich das denn wissen, sagt der Paul, aber dass die mitten am Nachmittag anrufen, das ist grad zimli verdächtig, und auch grad dann, wenn wir Gäste haben, komisch komisch, das geht natürlich nicht, aber die müssen gar nicht meinen, also grad Tag und Nacht kann man hier nicht einfach anrufen, etwas Ordnung muss da schon sein, wo kämen wir denn sonst hin. Er steckt die Hände in die Hosentaschen und schaut übers Wolkenmeer hinweg. Das Telefon klingelt. Hm, sagt der Georg, er dreht sich vom Hüttli ab und richtet sein Käppi. Aber diesen Trick kennen wir, sagt der Paul und nickt, so schlau sind wir auch, die rufen denk nur an, um zu schauen, ob denn jemand im Hüttli ist, und wenn niemand da ist, räumen sie uns das Hüttli Rubas e Schrubas aus. Ja, ja, das wäre nicht das erste Mal, dass man uns das Silber abzieht, schon ein Mal hat man uns das Hüttli aufgebrochen und das rote Kässeli ausgeräumt, aber ein zweites Mal passiert uns das nicht, wir sind gewarnt, so einfach legt man uns denn nicht rein, nai, nai. Auch bei der Franziska vom Kiosk ist einer aufgetaucht und hat ihr die Pistole unter die Nase gehalten, Hände hoch, und die Franziska, so nervös wie sie war, hat aus einem Reflex heraus ohne zu studieren dem Kerli den dunkelgrünen Rhäzünser-Aschenbecher an die Stirn geschossen, dass der danach noch drei Wochen lang auf der Intensiv lag, Schädelfraktur. Wenn es tumm gelaufen wäre, wäre sie selber noch im Gefängnis gelandet wegen versuchten Totschlags. Nur schade, dass der schöne Kiosk mit Zapfsäule kurz danach zugegangen ist, so ein schöner Kiosk ist schon noch praktisch, bis du von der nächsten Zapfsäule zurück bist, ist der Tank quasi wieder leer. So lohnt sich das Tanken doch gar nicht, sagt der Georg. Ja, aber das versteht man schon, sagt der Paul, dass der Franziska danach die Courasch fehlte, den Kiosk weiterzuführen, da braucht es halt Nerven aus Stahl.

Der Schlepper läuft heute optimal, sagt der Paul und steht neben dem Schlepplift hin, so macht das Spass.

In der Hand hat er eine Blechbüchse. Aber wenn ich nur wüsste, wo der Zähler hin ist, sagt der Georg und tastet seine Taschen ab, den hatte ich doch eben noch. Wenn wir Gäste haben, müssen wir denk auch den Zähler drücken. Hast du wenigstens deinen Zähler dabei, fragt er. Ich habe meinen immer in der Jackentasche, sagt der Paul und macht die Blechbüchse auf, er holt ein Guatzli aus der Schachtel und isst es, und wenn jemand kommt, habe ich meine Hände in der Jackentasche und kann gleich auch noch den Zähler drücken, ganz praktisch, und niemand merkt etwas, wie der Bankdirektor, wenn er da am Tresen steht und ein Bankräuber auftaucht und ihm den Revolver unter die Nase hält. Der hat seine Hände immer da, wo sie sind, und drückt den Alarmknopf, wie soll denn da jemand merken, dass der den Alarm ausgelöst hat, das merkt kein Schwein. Der Georg wischt mit dem Schuh über den Schnee und schaut auf den Boden, wo ist denn dieser blöde Zähler, sagt er, den hatte ich doch grad noch in der Hand. Ja, wo der ist, weisst am besten du, vielleicht müsste das auch mal ins Schurnal vermerkt werden, und nicht nur, wer zu spät kommt, sagt der Paul. Prima Guatzlis, sagt er und nimmt sich eines aus der Blechschachtel, also schon das wäre Grund genug gewesen, die Claire zu heiraten, und obendrauf ist sie noch farruct hübsch und lieb und gschid und schlau, hätte mir jemand mit dreissig gesagt, ich würde mal heiraten, hätte ich nur gelacht, und im fortgeschrittenen Alter von zweiundvierzig stand plötzlich die Claire auf der

Türmatte, wo ich mich doch schon damit abgefunden hatte, den Rest vom Plausch hier auf Erden alleine zu verbringen, bis der Herrgott im Himmel mich wieder einziehen würde. Das kommt dir so vor wie bei denen, die ein Leben lang Lotto spielen, obwohl sie längst aufgehört haben zu glauben, dass sie je noch etwas gewinnen würden, die machen das denk nur noch aus Gewohnheit, wie rauchen oder Kaffee trinken, und plötzlich schneit ihnen der grosse Jackpot zum Haus herein. Er lächelt und isst dabei Guatzli. Darf ich öppan auch eins, fragt der Georg und streckt seine Hand nach den Guatzli aus. Der Paul hält ihm die Schachtel mit den Guatzli hin, nimm. Der Georg lächelt und sucht sich eines aus. Davor war ich mehr Seeräuber als susch was, sobald ich eine Frau kennenlernte, war ich spätestens nach drei Wochen wieder furt. Ach ja, sagt der Georg und hebt die Augenbrauen, die Äpfel fallen halt nicht weit, sagt er und lächelt, prima Guatzli, hast du ein Glück. Aber wo der verdammte Zähler hin ist, wüsste ich auch gerne, sagt er und isst das Guatzli. Wie spät ist es denn, fragt der Paul und schaut dem Georg über die Schulter. Der Georg litzt den Ärmel seiner Jacke hoch und schaut auf die Uhr, hm, schon wieder Viertel vor vier, man könnte meinen, wir haben den Rhythmus im Blut.

5

Hallo, hallo, sagt der Paul in den Funk hinein und hält den Funk ans Ohr. Was hast du gesagt, fragt der Georg und schaut hinter dem Hüttli hervor. Du musst denk hinter dem Hüttli stehen, sagt der Paul und macht eine Handbewegung auf die Seite, ich darf dich nicht sehen. Der Georg verschwindet wieder hinter der Hütte. Hallo, hallo, sagt der Paul in den Funk hinein, hörst du mich, er hält den Funk ans Ohr und lauscht. Pronto, sagt die Stimme vom Georg, wie ist die Wetterlage dort vor dem Hüttli. Der Paul lächelt, gleich geht die Sonne auf, wir sind in Form, ja, ja, sagt er, auf eine gute Preparation kommt es drauf an, das ist wie bei einem Skirennen auch, sagt er in den Funk hinein, da kann man auch nicht einfach bis spät in die Nacht in die Beiz und sich abschiessen, die Vorbereitung beginnt bereits am Abend davor, ja, wenn du gewinnen willst, musst du Vitamine essen, da muss denk jedes Detail perfetto passen, der Klettverschluss der Handschuhe muss gut sitzen, der Rollkragapulli, die Schnallenschuhe etwas fester zumachen und die weissen Gamaschas mit den roten Sternen drüber, Skibrille drauf und die Startnummer nachziehen, noch etwas Stretching und dann bist du zimli pronto und parat, und sobald du im Starthüsli stehst, mit diesen schnellen Raketen an den Füssen, und das Gerätli anfängt zu piepsen, schiesst dir das Adrenalin durch die Adern und haut dich grad aus dem Hüsli raus. Nur musst du mit dem Druck umgehen können, sagt er in den Funk hinein, da hat es denn bereits einige überlupft, dass sie kopfvoran aus dem Starthüsli sind, wie dieser Spartakus da bei der Weltmeisterschaft, der so viel Courasch beieinander hatte, dass ihm grad die Bindung von den Skis abgerissen ist, was für eine Blamasch, da bist du der grosse Favorit und liegst noch vor dem ersten Tor auf dem Bauch im Schnee, und die ganze Nation vor dem Fernseher lacht sich das Herz in die Hose. So geht das manchmal, sagt der Georg und kommt um das Hüttli herum, die Kunst des Scheiterns, aber tiptop tun diese Dinger hier, sagt er und nimmt dem Paul den Funk aus der Hand, aber gleich die frischen Batterien ganz aufbrauchen wollen wir nicht, er schaltet die Funkgeräte aus. Und dann gibt es natürlich auch die anderen, sagt der Paul, die am Morgen vor dem Rennen einen Punsch trinken und etwas Zauberei rein tun, dass niemand so recht weiss, warum die jetzt so schnell über die Sprünge fegen, aber das sind denn öppa nicht nur Vitaminas, da ist noch anderes Zügs drin, sagt er und hebt die Augenbrauen und nickt. Ja, bschissa wird halt überall, sagt der Georg und schaut auf seine Armbanduhr, ich würde sagen, es ist auch heute wieder Zeit, sagt er, wir können starten. Er schaltet den Schlepplift ein.

Schau dir diese Sonne an, sagt der Paul und streicht sich Sonnencreme ins Gesicht, ein Tag wie aus dem Buch, heute sind die Fotografen unterwegs, nachdem es drei Tage geschneit hat wia farruct, rücken sie mit Objektiven wie Kanonenrohre aus und fangen die Pracht ein, ja, ja, morgen schon ist der Ruhm vielleicht vorbei und das Kapital auf die Hälfte zusammengeschrumpft, das ist wie an der Börse auch, bei diesen Temperaturen geht das denn schnell, er nickt. Der Georg wischt mit dem Ärmel seiner Skijacke über die Tafel vor dem Hüttli und richtet die Tafel auf. Ich habe fast weinen müssen heute Morgen, sagt der Paul, als ich zum Fenster rausgeschaut habe, Copfertelli ist das schön, wenn alles verschneit ist, und ich stand da am Fenster und habe mich umgedreht, und die Claire lag im Bett und hat geschlafen wie ein Engel, Herrgottnomol, hast du ein Glück, habe ich mir gedacht, er lächelt, wenn nur der Sohnemann auch as bitzali recht tun und was Anständiges werden könnte. Aber der Sohn ist halt stur wie Granit, sagt der Paul und hebt die Hände auf die Seite, mit dem lässt sich nicht reden, ich weiss noch ganz genau, als ich ihn an die Seitenlinie gebeten habe, um mal ordentli mit ihm zu räsonnieren, zwischen Vater und Sohn, nur wir beide, wie sich das eigentli gehört, und ihn gefragt habe, ob er eher Schreiner oder Maurer oder doch lieber Camionör werden wolle, und er sich durch seine neumodische Frisur, wie man sie halt aus dem Fernseher kennt, gestrichen und gesagt hat, nai nai, er werde Dichter, und mir ist das Kinn runtergefallen wie eine Schublade auf den Küchenboden. Da weisst du zuerst nicht, was du sagen sollst, ich hatte ja schon gemeint, er könnte vielleicht was Komisches werden wollen, als Kind wollte er Ballonfahrer werden, aber das wollen alle Kinder, das hätte man noch kontern können, und die Claire hatte auch noch Verständnis für den Bengel, da fällst du wie bei einem Fallschirmsprung, nur dass dir der Fallschirm fehlt. Der Georg schraubt den Sonnenschirm in den Schnee und klappt ihn auf, sodali. Auf dem Sonnenschirm steht Sinalco.

Jetzt kommen sie denn bald, sagt der Georg und schaut zum Dorf hinunter, bei diesem Wetter, besser kann man es nicht mehr preichen, also wenn nicht heute, wann dann, fragt man sich, sagt er und schaut auf seine Armbanduhr. Heute ist halt wieder Montag, sagt der Paul und hebt die Hände, und der Montag ist ein Schelm, in der Schule machte der Lehrer in der Oberstufe, der alte Capaul noch, kein Theater, uns an solchen Tagen etwas Auslauf zu geben, sagt der Paul, da draussen lernt ihr mehr als hier drinnen, sagte der und schickte uns zum Schlepper hoch, wo wir den ganzen Tag lang über die Pisten flogen, und er zog durch die Büsche mit der Büchse seinen Vögeln nach, um seine Sammlung zu vervollständigen, der schoss ja sogar Vögel im Schulzimmer von seinem Pult zum Fenster raus. Wenn wir am Aufsatz sassen und angestrengt überlegten, ob man Schaf jetzt schon wieder mit einem oder doch lieber mit zwei f schreiben sollte, knallte es plötzlich vorne beim Pult, dass man sich fast eine Herzbaracca einfing und mit dem Fülli, cracs, übers Heft fuhr und den ganzen Aufsatz versaute, dass es danach aussah, als hätte man blaues Blut übers Heft vergossen, und der Capaul vorne mit der Flinte mit Doppellauf lächelte und sah den Vogel seinen Tod sterben und wie eine Omelette vom Ast fallen. Er schenkt vom Holundersirup ein und trinkt. Der Georg streckt ihm sein Glas hin. Der Paul schenkt ihm auch ein. Und Ende Jahr gab es ein Zeugnis, sagt der Paul, und alle waren zufrieden. Aber frag mich nicht, ob der Capaul je eine Prüfung korrigiert hätte, auf den Blättern standen zwar schon Noten, aber der schrieb das einfach so auf, grad so, wie es kam, da kam niemand wirklich nach, wie er die Noten verteilte, der machte das denk nur, weil der Inspektor das so wollte. Ja, all die Vorbilder, die wir hatten, sagt der Georg und zündet sich eine Zigarette an. Nur schade, dass die Schule abgebrannt ist, das ist wirklich dommage, sagt der Paul, das war ein Reservoir an Geschichten.

Wie viele waren das jetzt genau, die da hoch gefahren sind, sagt der Georg und hält das Schurnal in der Hand. Hm, sagt der Paul, wir waren halt abgelenkt, dann schreiben wir doch einfach so viel rein, wie wir meinen. Aber das müsste denn schon genau sein, sagt der Georg, wir können da nicht einfach einen Käse behaupten, das wäre dann schon nicht gerade so correct. Ach piperlapap, so eine Tragödie ist das auch nicht, wenn wir ein bisschen was dazuzählen, sagt der Paul, das tut niemandem weh. Oder meinst du öppa, dass immer alles stimmt, was die da im Farbfernsehen behaupten, ja, ja, schau mich nicht so an, das mit der

Wahrheit ist halt so eine Sache, die Wahrheit hat man afängs ja wieder abgeschafft, Cash back. Aber sowas durfte man dem Onkel Testa nicht sagen, der nahm das Wort beim Wort, für ihn war der Fernseher denk heilig, und hinten an der Wand hing Julius Christus am Kreuz und hielt den Kopf schief. Der zog sich am Abend seinen grünen Anzug an, band sich die Krawatte um und machte sich schick wie für die Sonntagsmess, um die Tagesschau zu schauen, und wenn jemand beim Testa in der Stube einen Mucks während der Andacht machte, während der Léon Huber referierte, gab es Schlops, pitsch patsch eine links und rechts in Gottsnama, da haben wir viele Ohrfeigen kassiert, er nickt und streicht sich mit der Hand über die Backe. Der Georg schaut den Hang hinauf und zählt an den Fingern auf und macht dabei Striche in sein Schurnal.

Ecco, sagt der Paul und stellt die Gasflasche in den Schnee, für die kalten Tage, mit dieser sollten wir den Winter tiptop überstehen, aber wenn du diese grad ins Hüttli tragen und anschliessen könntest. Ich, sagt der Georg und schaut von seinem Schurnal auf, aber ich war doch schon letztes Mal dran, das steht nämli hier im Schurnal. Ja, irgendjemand muss das halt machen, jeder hat hier sein Ämtli, so ist das halt, sagt der Paul, das ist wie mit der Musik in der Messe auch, jede Kirche braucht einen ordentlichen Organisten, hat der Pfarrer an der Gemeindeversammlung gesagt, für das Laudem Deo denk, und den Vincent auserwählt, der Allmächtige hat entschieden, hat er gesagt, keine Widerrede, das kommt von oben, ich kann nichts dafür, ich stelle nur die Verbindung her, so dass der Vincent mit dem blauen Überkleid, der die Gasflaschen mit dem Camion im ganzen Tal verteilte, einspringen musste als Organist, der wollte ja als Kind auch Schauspieler werden, also grad sez la cuolpa, selber schuld. Meisterschaft hatte der ja schon, daran zweifelt niemand, also selten, dass wir einen mehr Begabt gehabt hätten, der hat uns denn viel Freude an der Orgel beschert, wenn wir als Kindels in die leere Kirche schlichen und er an der Orgel am Üben sass, da meinte man glatt, der Herrgott spiele selber. Aber am Sonntag halt, Hostia, wenn es drauf angekommen wäre, traf der Schani keinen Ton mehr, der kam bereits bleich wie ein Geist zur Kirche rein, und wir dachten, ou ou ou, meistens fing das zwar noch ganz flott an mit dem Spiel, was da oben raus kam aus den Pfeifen, aber sobald sich beim ersten falschen Ton der Zitteri einschlich, schlitterte der in ein Zügs hinein, oh Dio mio, da kam kein richtiger Ton mehr, und in den Bänken sassen die Leute und zuckten bei jedem Akkord, der kurios aus dem Ofen stieg, ja, wenn einer den Nervösi hat und zittert wie ein Strauch, ist da meistens nicht viel zu machen, per l'amur da Diu, bis der Allmächtige ihn dann doch erhört und in sein Orchester aufgenommen hat, etwas erleichtert war man dann schon, als man ihn zu Grabe getragen hat, der war halt mehr Trainingsweltmeister als susch was, nur müsste man die Gabe auch noch grad ummünzen können, so ist alles für die Katz, aber bei den Gasflaschen war er zuverlässig, wer Gas brauchte, bekam das auch prompt, und dass er dem lieben Gott an der Orgel zugedient hatte, hat man dann auch nicht besonders erwähnt bei der Abdankung, es macht halt jeder, was er kann. Nur dass ein paar halt ein bisschen weiter springen als die anderen, sagt der Georg, so ist das nun mal, ja, dann trage ich halt selber die Gasflasche ins Hüttli, wenn der Paul nicht will, sagt er, jemand muss es ja machen, aber unerwähnt bleibt das nicht, sagt er und macht sich eine Notiz ins Schurnal.

Der Georg steht auf der Türschwelle vom Hüttli, er nimmt sein Käppi ab und schaut über die verschneite Landschaft. Warst du beim Coifför, fragt der Paul und schaut den Georg an. Der Georg lächelt, schön, gell, sagt er. Du siehst aus wie neu renoviert, sagt der Paul, ja, hin und wieder müssen wir uns halt zwäg machen, der alte Albin mit dem Bart meinte auch, es sei an der Zeit, dass sein Haus wieder mal etwas hergerichtet würde, das stand seit Jahren zimli schräg, so dass er die Handwerker ins Haus bestellte, die ihm am Haus schraubten und werkten und schleiften und es wieder zurück in die Gegenwart holten, also tiptop haben die das gemacht, das muss man schon sagen, die Baracca war danach nicht mehr wiederzuerkennen, und da der alte Albin bis dahin noch keine Klingel an der Haustüre hatte, dachte der Capo dieser Grossrevision in einem Geistesblitz, dass es grad noch eine gute Idee wäre, für die verbleibenden Tage so ein Klingeling anzubringen, damit der alte Albin mit dem eindrücklichen Bart wie ein Blätz auch gleich merke, wenn jemand vor der Türe stand, man wird ja nicht jünger. Der Paul drückt zwei Mal den Zähler, und als es zum ersten Mal an der Türe klingelte, sagt der Paul, hat der alte Albin die Haustüre aufgemacht und gesagt, Albin. Nur dass kurz darauf auch der Tod an die Türe geklingelt hat. Ja, wenn er das gewusst hätte, hätte er das mit der Klingel sicher sein lassen, sagt der Georg und macht die Hüttentüre zu, aber dem Ende entkommt man meistens trotzdem nicht, auch wenn man sich tot stellt. Schade aber ist der Isidor nicht mehr, der Coifför selig, sagt der Paul, afängs macht man beinahe eine Tagesreise zum nächsten Figaro für die Frisur. Und der wusste auch gleich noch die neuesten Geschichten zu erzählen, also das muss man den Coiffören lassen, was die alles wissen, da staunt man, das sind halt mehr Psychologen als Frisöre, bei dem hat das ganze Dorf das Herz auf den Tisch gelegt. Ein bisschen hellseherisches Talent hatte der halt schon, der sagte dir exact voraus, was der Winter brachte, also ich könnte mich nicht daran erinnern, dass wir einen talentierteren Figaro im Tal hatten, der hatte sein Handwerk ja auch bei den grossen Meistern in Italien erlernt. Wie er behauptete, sagt der Georg und drückt den Zähler. In Milano auf den Modeschauen hat er den hübschen Damen die Frisuren gemacht, sagt der Paul, bevor die raus und über die Stege liefen wie Jesus über den See, was ja niemand bestreiten will, sagt er und schaut den Hang hoch, aber ob er jetzt da wirklich von den graziösen Damen für die Frisuren nach Milano bestellt wurde und daran herumgebastelt hat, wia au immer, jedenfalls hat das ganze Dorf dem Talent vom Isidor nachgetrauert, als er den Hut gezogen hat. Und seitdem steht sein Salon halt leer. Der Georg fährt sich mit der Hand durch die Haare und setzt sein Käppi wieder auf, soli. Er schaltet den Skilift aus. Die Bügel schwanken leicht hin und her.

Der Georg faltet den Sinalco-Sonnenschirm vor dem Hüttli zusammen und summt ein Lied vor sich hin. Das war ein guter Tag, was, manchmal steht einem das Glück bei, sagt der Paul und setzt sich seine Wollmütze wie eine Krone auf, heute haben wir gut gewirtschaftet. Nur dass wir immer noch nicht mit Sicherheit wissen, wie viele Gäste wir heute genau hatten, sagt der Georg mit dem Sonnenschirm unter dem Arm, das ist etwas dommasch. Der Paul hebt die Hände auf die Seite, der Stimmenzähler im Kantonsparlament, der Kristof mit dem stolzen Schnurrbart, der hat das auch nie so genau genommen, sagt er, der hat das nur geschätzt, più o meno, mehr oder weniger, der war halt Diskalkulant, frag mich nicht, was das genau heisst, aber was der zusammen diskalkuliert hat, da kam niemand wirklich nach, wie der das machte, das war höhere Matematica. Bereits in der Schule rechnete der alles verkehrt, dass der Lehrer sternafarruct wurde, damals durften die Lehrer ja noch farruct werden, ja, dem Kristof schwirrten die Zahlen im Kopf herum wie Vögel, also wie der Karriere gemacht hat, ist mir bis heute ein Misteri, einfach so wird man ja nicht Stimmenzähler im Parlament vom Kanton, dafür müsste man schon ein ziemlich gescheites Haus sein. Alles verstehen wir halt nicht, sagt der Georg mit dem Sonnenschirm unter dem Arm, aufgelöst werden die Geschichten halt nur in den Filmen, dafür haben wir sie ja, da geht am Schluss immer alles auf. Der Paul nickt, aber was für ein Tag, sagt er, solche Tage hatte man früher zum Verschenken, und heute verlangt der Herr fast, dass wir ihm auf den Knien zur Kirche rein kriechen, und das alles nur für etwas Schnee. Er stützt die Hände in die Hüfte und schaut dem Georg zu, wie er den Sonnenschirm im Hüttli verstaut und die Fensterbalken zumacht, für heute wären wir sonst nach, sagt der Georg, ich würde sagen, finito lavoro, und morgen machen wir dort weiter, wo wir heute bereits waren. Er holt den Schlüssel aus der Hosentasche und schliesst die Hüttentüre zu, wischt mit dem Besen über die zwei Tritte vom Hüttli, stellt den Besen gegen die Wand und dreht sich um, soli, macht den Reissverschluss seiner Skijacke zu, richtet sein Käppi und sagt, ich wäre susch pronto.

6

Was machst du denn auf dem Dach, fragt der Paul und kommt um die Hüttenecke. Im Hintergrund hört man die Spülung. Das muss runter, sonst kommt es von alleine, sagt der Georg und schaufelt den Schnee vom Dach. Zwei, drei pro Winter erwischt es immer, so ist das nun mal, das ist die Quote, sagt der Paul und schaut zu ihm hoch, aber einen fürstlichen Tag gibt das wieder heute, Jesusmaria, nur etwas blöd, dass der Schnee grad zimli schnell wieder schmilzt. Ja, wohin mit all den Eisbären, fragt er und schaut mit dem Feldstecher zum Gletscher hoch, das wird afängs ein bisschen warm für die, so wie dem Fredi, sagt der Paul, dem wurde es auch zu heiss, als seine Frau an der Fasnacht hundsverräcka die Prämierung vom Karneval in der Beiz vom Beni gewinnen wollte und im Städtli zwei Eisbärenkostüme mit Kopf mietete, in die Kränze sind sie zwar gekommen, sep scho, aber ich sehe den Fredi heute noch vor dem Beizli auf der Treppe hocken in diesem schönen Kostüm, mit dem Eisbärenkopf in der Hand, also selten, dass ich jemanden so traurig gesehen habe, ja, was man nicht alles für die Liebe macht, mit dem Winter ist dann auch diese Liaison vergangen, dabei meint man am Anfang jedes Mal wieder von neuem, es sei für immer. Hm, sagt er und schaut mit dem Feldstecher zum Gletscher hoch, ob denn das ewige Eis dort oben zwischen den Bergen auch für ewig und semper hält, so sicher wäre ich mir da nicht mehr, wenn der schöne Gletscher am Morgen so leuchtet, heisst das eigentlich nichts anderes, als dass er sich davonstiehlt, oder was meint der Wetterstudiosi, sagt er und schaut hoch zum Georg. Hm, sagt der Georg und hält den Kopf etwas schief, der leuchtet schon grad ziemlich.

Sodali, jetzt wärst eigentlich du dran, sagt der Georg. Ich, sagt der Paul, arbeiten wir hier denn im Akkord, das ist ja wie auf der Galeere, jo denn, sagt er und steigt die Leiter hoch aufs Dach, hoppla, er zieht sich hoch, ich merke langsam die Pumpe, also gerade jeden Tag müsste ich nicht hier rauf. Er nimmt die Schaufel vom Georg in die Hand, letzte Nacht ist die Zunge vom Gletscher abgebrochen, sagt er, dass man es durchs ganze Tal hören konnte, wie es gekracht hat, die Claire hat mich noch geweckt und gesagt, der Gletscher kommt, und hat sich zu mir gekuschelt, als würde einem nur noch diese eine Nacht bleiben, das war denn schön, er lächelt vor sich hin, und schaut man in ein paar Jahren hoch, ist der schöne Gletscher furt und furtibus, für immer und ewig, das grosse Reservoir, was einem bleibt, ist dann höchstens zu erzählen, wie es mal war. Der Gletscher gibt die Gefangenen frei, sagt der Georg und zündet sich eine Zigarette an. Ja, ja, die Toten kehren heim, sagt der Paul und stützt sich auf der Schaufel ab, wie der Linus, der Kerli mit dem lieben Blick wie ein Hund, und seit ihm seine Frau, die schöne Frida, mit diesem Blumensammler aus dem Nationalarchiv aus dem

Unterland nach Paris durchgebrannt war, war der nur noch in den Bergen anzutreffen, bei jeder Gelegenheit stolperte er hoch zum Gletscher, wie einer fernen Sehnsucht nach, bis er nicht mehr heimkehrte. Wir sind noch tagelang über den Gletscher gezogen wie übers Meer und haben nach ihm gesucht und gerufen, aber kasch tenka, der Gletscher, der Siech, ändert andauernd sein Gesicht, hat er mal einen gefressen, gibt er ihn nicht mehr so schnell wieder her. Seine Fliegerbrille haben wir gefunden, das war das Einzige, was übrig blieb, aber was willst du damit machen, kannst die ja nicht auf den Grabstein legen, das sieht auch komisch aus. Stimmt, sagt der Georg und raucht. Und als seine schöne Frida nach einer Hanfel Jahre doch wieder zu ihm heimkehrte, nach dieser langen Odyssee, sagt der Paul, war der Linus längst im Jenseits. Jetzt hat sie wenigstens die Fliegerbrille. Immerhin können wir den Linus bald ordentli begraben, wie sich das gehört. Ja, wenn der Gletscher sich davonmacht, gibt er die Verschollenen zurück. Der Countdown läuft, sagt der Georg und schaut auf seine Armbanduhr, der Tag steht an, wir sind am Start. Er steigt vom Dach. Attention, ruft der Paul und wirft die Schaufel runter in den Schnee.

Parat, ruft der Paul aus dem Hüttli. Er hält den Kopf zur Seite und schaut zur Hüttentüre raus. Parat, sagt der Georg und steht neben dem Schlepplift hin. Der Paul schaltet den Schlepplift ein, und die Bügel ziehen am Georg vorbei. Die Sonne geht auf.

Ein ordentliches Begräbnis würde sonst jedem zustehen, sagt der Paul und steht auf die Türschwelle vom Hüttli, in der Hand hat er einen Blumenstrauss, sonst kommen sie dem lieben Gott nicht ins Haus, ja, was willst du dem Herrgott nomol sagen, wenn du bei ihm auf der Türmatte stehst? Da gibt es einen Dienstweg, und wer diesen nicht einhält, bleibt in Gottsnama halt draussen, also lieber doppelt absichern. Was machst du denn mit dem Blumenstrauss, fragt der Georg, willst du mir aber nicht öppa einen Antrag machen? Nai, nai, die hat die Claire mitgegeben, damit wir es schön haben im Hüttli, sagt der Paul, das sind Winterblumen denk. Er riecht daran. Der Linus wäre jedafalls nicht der erste, den wir zwei Mal begraben müssten, sagt der Paul, auch der Felix, der Glückspilz, hat mehr als ein Funeral bekommen, nämlich zwei insgesamt, und für die Kosten vom ersten Abflug hat er dann selber aufkommen müssen, da gab es kein Pardon. Dabei meinte der Arme noch, er habe in der Fremde ein ordentliches Vermögen gemacht, und ist letztendlich trotzdem so arm gestorben, wie er geboren wurde. Ob arm oder reich, das Tribunal der Heiligen, die schauen meistens nicht aufs Portemonnä, sagt der Georg und schaut den Bügeln nach und macht bei jedem Bügel einen Strich in sein Schurnal. Und der Felix meinte natürlich, aus ihm sei ein Grand Seigneur, ein Herr von Welt, geworden, als er aus Norwegen zurückgekehrt war, dann aber merken musste, dass man ihn bereits begraben hatte. Oha, sagt der Georg und lächelt, das

Leben hält hin und wieder ein paar Überraschungen parat. Der Paul schmunzelt, der war denk nach Norwegen aufgebrochen, in einem Plausch, und hat dort oben bei einem Oligiarchen einer Ölgesellschaft einen gut dotierten Vertrag unterschrieben, wie diese Fussballer da im Fernsehen, die es für ein paar Jahre in die Wüste zum Tschutta verschlägt, aber da er praktisch nur Romanisch konnte und Nordisch sowieso nicht, hat er dann auch erst am ersten Abend auf dem Schiff gemerkt, was er da genau unterschrieben hatte, eine schöne Bescherung, er dreht den Blumenstrauss in der Hand. Ganze Monate haben die draussen auf dem Nordmeer verbracht und sich die Nasen abgefroren, und zu Hause hat man denk nichts mehr vom Schani gehört und gemeint, der sei gestorben und zimli tot, wie viele vor ihm auch bereits, die mit Sack und Pack losgezottelt sind, so dass man ihn halt begraben hat, den leeren Sarg einfach, und es haben dann auch alle gestaunt, als er ein halbes Jahr nach seinem eigenen Begräbnis in diesem schicken Anzug und mit einem schönen Hut auf dem Schopf über die verschneite Landschaft zu laufen kam, frisch wie ein Pantoffel und lebendiger als je zuvor. Ja, gestorben ist man schneller, als man meint, sagt der Georg und macht sein Schurnal zu. Im Dorf war es natürlich niemandem recht, wie auch, dass man ihn bereits begraben hatte, sagt der Paul und nimmt eine Blumenvase aus dem Schrank, und wie man sich vorstellen kann, hat sich auch der Felix nicht gerade darüber gefreut, hat dann auch noch reklamiert, der wollte denk einen Grabstein aus Carrara. Sep au noh, haben alle gedacht, aber wenigstens hatte man ihn nicht vergessen. Zwei Chancen bekommen denn nicht alle, sagt der Paul und stellt die Blumen in die Vase, beim zweiten Begräbnis, dem endgültigen, hat er schliesslich auch seinen Stein aus Carrara bekommen, wie er es sich in den Kopf gesetzt hatte. Er stellt die Vase mit den Blumen auf den Fenstersims. Wenn wir jeden zweimal begraben müssten, wäre der Friedhof denn zimli bald voll, sagt der Georg.

Dass die immer so gute Laune im Radio haben, sagt der Paul und stellt zwei Böckli vor dem Hüttli in den Schnee, er legt seine Ski drauf, da bekommt man fast ein schlechtes Gewissen, wenn man selber mal nicht so lupfig drauf ist. Copferteckel, wo habe ich nur mein Schurnal gelassen, sagt der Georg und tastet seine Taschen ab. Aber im Radio muss man halt die Emozioni zähmen, kannst dir ja nicht leisten, dass es dir mal den Deckel lupft, das ist wie bei der Skilehrerei auch, sonst rennt dir die Kundschaft davon, sagt der Paul und wischt mit einem Lumpen über den Belag seiner Blizzard, aber die grösste Nervenprobe war mit Abstand die Skistunde mit dem Prinzen da von weiss ich woher, der ist mit einer ganzen Armada an Klackören aufgetaucht, die bei jedem Schwung klatschten, als hätte er gerade das Rad neu erfunden, aber frag mich nicht, ob ich dem Prinzen das Skifahren habe beibringen können, das habe ich nämlich nicht. Der fuhr in einer anderen

Liga, aber vielleicht hatte der Prinz ja irgendwo anders etwas Meisterschaft, also grad leer hat man ihn wohl nicht ausgehen lassen. Er nimmt eine Feile aus der Hosentasche und klemmt sie in den Winkel, man sieht halt bereits von weitem, wie es um die Balance steht, sagt er, wenn einer bereits wie ein Apotheker über den Platz kommt und dabei die Arme schwingt wie ein Clown, wird es meistens schwierig auf den Brettern, nach einem halben Tag war ich fix und foxi und habe ihn an die Österreicher verwiesen, nai, nai, das war mir zu riskant, er fährt mit dem Winkel über die Kanten, man will sich gar nicht ausmalen, was passiert wäre, wenn der Prinz auf den werten Hintern gefallen wäre, der König hätte mich vermutlich höchstpersönlich in vier Stücke gerissen und zur Abschreckung in jede Himmelsrichtung verschickt. Ach, hier liegt es ja bereits die ganze Zeit, sagt der Georg und nimmt das Schurnal vom Fenstersims, er atmet tief durch und hält es gegen die Brust. Da war mir der Mericaner mit dem Pelzmantel und der Pilotenbrille noch lieber, sagt der Paul, der kam mit fünf Meter langen Ski in die Skistunde, stell dir vor, fünf Meter, sowas kriegt man nie um die Kurve. Frag mich nicht, wo der diese langen Latten her hatte. Die Claire glaubt mir bis heute noch nicht, dass der so lange Latten dabei hatte, Amore, du fantasierst wieder, hat sie gesagt, aber ordentli bezahlt haben beide, das scho. Mit den Talenten ist das halt wie bei der Schönheit auch, sagt der Georg und hebt die Schultern, gerecht wird das nicht verteilt. Do hesch recht, sagt der Paul und fährt mit dem Daumen über die Kanten seiner Blizzard, Kanten scharf wie Messer, sagt er und nickt.

Der Georg zieht die roten Seile mit den Fähnchen an den Pfosten nach, Pardon, Madam, Scusi, Signori, Pardon, Tschuldigung, das muss schon korrekt sein, sagt er zum Paul und spannt die Seile gut zwischen den Pfosten, es gibt nämli genug Schlaumeier, die beim Anstehen überholen, sodali, wenn wir Gäste haben, muss auch der Service ordentlich sein, das spricht sich denk rum, wenn hier ein Zirkus herrscht. Er streckt den Rücken durch und schaut auf die Uhr, Viertel vor zwei, sagt er und lächelt, wir fahren wie auf Schienen. Der Paul stellt seine Blizzard gegen die Hüttenwand, das sind Torpedos, sagt er und streicht über die Ski, die Tresa, die war zwar nicht grad ein Blitz auf den Brettern, aber die konnte rückwärts reden, das ist auch ein Talent, sagt er, das wollen wir ihr nicht absprechen, nur dass man damit noch nicht gegessen hat, aber Eindruck macht das schon noch. Der Filius hätte schon auch seine Talente, sagt er und holt eine Postkarte aus der Innentasche seiner Skijacke, ich verlange ja nicht, dass er sich gleich der Skilehrerei widmet, wer weiss denn, ob es das schöne Metier in ein paar Jahren noch gibt, aber immerhin könnte er einen Beruf wählen, wo man auch weiss, um welche Zeit man anzufangen hat und wann Feierabend ist, einfach so als Orientierung, das wäre mal ein Anfang, aber die Claire sagt immer, lass ihn, das muss er selber wissen, und schaut mich mit einem Blick an, dass ich grad dahinschmelze wie ein Frühlingsschnee. Er dreht die Karte um und liest sie, hm, einen Sommer hat er mal auf dem Bau gearbeitet, und ich habe schon gedacht, wohl, jetzt kann er sehen, wie schön das ist, und vielleicht wird er grad auch noch Architekt, aber nai, das war nur, damit er nach Hongkong kann. Was hast du denn da in der Hand, fragt der Georg. Was denn, fragt der Paul. Na, die Karte, sagt der Georg und kommt näher. Ah, die, die ist vom lieben Sohn, sagt der Paul, wenigstens vergisst er seinen Alten nicht und schickt ihm hin und wieder ein Kärtli, diese hier ist aus Chicago, aber solange er zurückkehrt, geht's ja noch. Da sind viele bereits gegangen und haben Briefe nach Hause geschickt, sagt er und steckt die Karte zurück in die Innentasche, und die Grossmütter fingen die Briefe ab und verbrannten sie, damit niemand anders auf die Idee kam, das grosse Schiff in Amsterdam zu besteigen und nach La Merica aufzubrechen, ja, auch der Onkel meiner Grossmutter ist nach Übersee abgehauen, im ersten Brief, den er nach Hause schickte, stand, es sei alles eine grosse Catastrofa, und er kehre sofort wieder heim, wenn alles gut gehe, sei er in neun Jahren wieder da. Der Georg drückt den Zähler und schaut den Skigästen nach, wie sie mit dem Schlepplift das Trassee hochfahren.

Und heute müsste man afängs dem Himmel danken, wenn die Kindels wissen, was sie wollen, sagt der

Paul und holt eine Flasche aus dem Schnee unter dem Bänkli hervor, ein kleines Aperitif haben wir uns verdient. Der Georg lächelt und setzt sich zu ihm aufs Bänkli und richtet sein Käppi. Der Paul macht die Flasche auf, uns brachte der Lehrer nach den Weihnachtsferien vom letzten Schuljahr eine Mappe wie ein Jelmoli-Katalog und sagte, tut mal etwas darin blättern und sucht euch etwas Schönes aus, und wenn ihr euch für einen flotten Bruaf entschieden habt, kommt ihr nach vorne und schreibt das an die Wandtafel, aber möglichst ohne Fehler öppa, und dann schauen wir, ob sich das ausgeht. Der Pepe aus Italien wollte Rallyfahrer werden, er holt zwei Gläser unter dem Bänkli hervor, und hat das denk auch an die Wandtafel geschrieben, was ihm eine pitsch patsch links und rechts eingebracht hat in Gottsnama, so ein Quatsch, hat der Lehrer gesagt, und hat grad selber für den Pepe gewählt, du wirst Muratore. Der Georg hebt die Gläser und der Paul schenkt ein. Wie der Pfarrer aus dem Dorf drüben am Hang, sagt der Paul, das war ein Roulette, wenn dem bei der Taufe ein Name nicht ins Jargon passte, nannte er einfach einen anderen Namen, bevor er dem Kindli das Wasser über den Kopf kippte, ja, dann war es denk bereits zu spät für Einwände, rien ne va plus. Er setzt die Flasche auf die Bank, und heute wissen sie vor lauter Auswahl afängs nicht mehr, was sie wollen, um ja nichts zu verpassen, sagt der Paul, da haben sie zwar bis dreissig und weit darüber hinaus studiert und sind mit Diplomen behangen wie

Weihnachtsbäume, aber wissen halt nicht mehr, wer sie sind. Wie die Dolores aus dem Nachbarsdorf, die schöne Tochter vom Abwart, eine Bank war das, die hatte das Portfolio einer Bundesrätin, wie eine grosse Referenz ans Leben war in Listen und Tabellen aufgeführt, was sie alles konnte und was für Zusatzdiplome und Spezialkenntnisse sie auch noch hatte, das hätte für drei Leben ausgereicht, so einen Schatz an Wissen hat nicht mal ein Astronaut, aber die Arme getraute sich kaum mehr raus in den Schnee vor lauter Panik, was denn aus ihr werden solle. Die ist halba farruct geworden ab dem vielen Nachdenken, was sie denn aus ihrem Leben machen wolle, dass es ihr dann auch die Glühbirnen oben im Kopf, klack, verklopft hat. Mit dem gelben Wagen hat man sie holen müssen, an einem Freitagmorgen im Februar. Ja dann, sagt der Georg, auf uns, sagt der Paul, sie stossen an.

Es wäre wieder Zeit für eine Revision, sagt der Georg, der gute Schlepplift quietscht as bitzali, wenn wir die Schrauben ein bisschen nachziehen, ist das nicht verkehrt. Der Paul steht neben dem Georg mit den Jasskarten in der Hand, ja, wenn meine grösste Leistung darin besteht, den Bengel einfach das machen zu lassen, was er will, jo denn, sagt er und mischt die Jasskarten, dann steht der Alte halt zur Seite wie ein Verkehrspolizist und winkt ihn durch, der macht sowieso, was er will. Ist jedenfalls besser als diese Parents da, die die Keckerlis bereits mit zwei ins Chinesisch schicken, sagt er und blättert die

Jasskarten durch, und ins Schach, und ins Tanzen, und ins Degenfechten, und ins Ping-Pong, und ins Rudern, und in die Astronomie, und in die Alchemie, die ganze Woche ist durchgeplant wie der Fahrplan vom Pontifex zu Rom, und das alles, damit sie zu Kapazitäten mit Renommée werden, weil die Eltern das halt so wollen, oh jo. Wie die Maria, das arme Maitli von der Madam Bergamin, die musste bereits mit zwei ganze Nachmittage auf dem Eisfeld verbringen, weil die Madam Mamà hundsverräcka wollte, dass sie die nächste Königin werde. Er übt mit den Karten einen Zaubertrick, das Herz Ass fällt auf den Boden. Das arme Kindli hat sich die Knie kaputt geschürft auf dem Eis bei den vielen Sprüngen, und die Bergamin stand am Eisfeldrand mit den rosaroten Ohrawärmers auf den Ohren und der Pfeife im Mund wie die Nikita vom russischen Militär. Was die eins an Pirouetten hat drehen müssen, oh Dio mio, ganze Tage verbrachte sie auf dem Eis, wir sind doch keine Pinguine, bis sie mit sechzehn aus dem Käfig ausgebrochen und nie mehr aufgetaucht ist. Jedem fällt seine Karte zu, das ist höhere Gewalt, sagt der Georg und schaut den Bügeln nach, wie sie an ihm vorbei ziehen.

Schade um das Maitli jedafalls, sagt der Paul und drückt die Lippen aufeinander, das war denn freundlich wie eine Krankenschwester, wie gerne die doch mit den anderen Kindels durchs Dorf gezogen wäre, aber kasch tenka, die Madam Bergamin wollte den

Olümpiasieg, und diesen würde ihr die Tochter einheimsen, das war so sicher wie das Amen in der Kirche. Er nimmt das Herz Ass vom Boden auf und mischt die Karten neu, ich weiss denn nicht, ob man da Mitleid haben müsste mit der Madam Bergamin, dass die liebe Tochter ihr ab ist, jedenfalls ist nichts aus dem Olümpiasieg geworden, so viel ist bekannt. Hm, sagt der Georg und steckt sich eine Zigarette an, hast du mir Feuer, fragt er und zieht seine Hosenträger nach. Nicht grad olümpisches, sagt der Paul, aber irgendwo müsste ich eine gewöhnliche Schachtel Zündhölzchen haben, er steckt die Jasskarten in die Hosentasche und tastet die Taschen seiner Jacke ab, ja, wenn du die Kindels halt einsperrst, stehst du plötzlich ohne Pokal da, am Anfang folgen sie noch, es bleibt ihnen ja nichts anderes übrig, aber sobald sie grösser sind, bestimmen sie selber, das ist ein Bumerang. Der Bengel hat jedenfalls genug Auslauf gehabt, der war schon als Kind ein Wildfang, nicht zu zähmen, dafür hätte es einen Löwenbändiger gebraucht, ganze Tage zog er mit den Compagnons durch die Wälder, am Morgen ging er aus dem Haus und kehrte irgendwann am Abend zurück. Sobald er Hunger hat, kommt er schon wieder, sagte die Claire. Er nimmt die Schachtel mit den Zündhölzchen aus der Hosentasche und hält sie dem Georg hin. Der Georg schaltet den Schlepplift ab.

Wie spät ist es denn, fragt der Paul und schaut dem Georg über die Schulter. Viertel vor vier, sagt der

Georg. Hm, schon wieder, sagt der Paul und schaut über den Hang hinauf, wo ist der Tag denn wieder hin, wo es doch gerade erst zwei war. Der Georg macht den Sinalco-Sonnenschirm zu, du hattest doch mal einen Wagen gelb wie dieser Sonnenschirm hier, oder, sagt er und trägt den Sonnenschirm ins Hüttli. Oh, ja, sagt der Paul und lächelt, einen gelben Opel Occasion mit Reserverad war das, den hatte ich mir vom Geld gekauft, das mir der Prinz für die Tanzstunde im Schnee gegeben hatte, der soff zwar etwas viel, war aber auch sackschnell. Und hinten raus brüllte der Uspuff wie der Antrieb einer Kontinentalrakete. Er geht nach vorne und hängt die Tafel vom roten Pfosten ab, sodali, für heute sind wir dann mal nach, die zehn Minuten, die verbleiben, die schenken wir uns, ein schöner Tag war das wieder, aber das Wetter schlägt um, er zeigt mit dem Finger nach oben, oder was meint der Georg? Was morgen ist, wissen wir meistens erst im Nachhinein, sagt der Georg und schaut hoch. Feine Wolkenfäden ziehen sich durch den Himmel. Der Paul stellt die Tafel gegen die Wand vom Hüttli, der Schaub meinte auch, er sei im falschen Film, als er hier im Kanton ankam, der war aus dem St. Gallischen und hätte eine Stelle in der Tuchfabrik antreten sollen, und als er am Bahnhof aus dem Zug stieg, sagte er sich, hier bleibe ich nicht einen halben Tag, hat seinen Koffer beim Bahnhof abgestellt und ist zu Fuss hoch zur Tuchfabrik gelaufen, um den Patrons mitzuteilen, dass er seine Stelle nicht antreten und gleich wieder abreisen werde, und als er zur Türe reinkam und die Madleina da hinter den weissen Tüchern stehen sah, machte er kehrt und ging zurück zum Bahnhof, um seinen Koffer zu holen.

7

Hostia, was für einen Nebel das heute hat, sagt der Paul, man sieht ja nicht mal mehr das Dorf, als hätte es uns gar nie gegeben, wo bist du denn, Georg? Gerade eben meinte man doch, die Sonne gehe heute auf, wia susch au, und zac bum steckst du bis zu den Knöcheln im Nebel, dass du nicht mehr zum Hüttli zurückfindest, und das auch noch so plötzlich, ja, wo bist du denn, Georg? Hier bin ich, ruft der Georg aus dem Nebel. Was hier, sagt der Paul, ich sehe nichts. Na hier, beim Schleppi, sagt der Georg, ich stehe, wo ich immer stehe, nächstes Mal binden wir dich an, um sicherzugehen, dass du mir nicht verloren gehst. Wir haben schon mal einen verloren, und dann noch was für einen, sagt der Paul, der war zwei Meter gross, wo man meinte, dass man so einen gar nicht so einfach verlieren kann, aber ist einer mal furt, heisst das noch lange nicht, dass er auch wieder auftaucht. Hm, er dreht den Kopf zu allen Seiten. Das hatte einen Nebel wie heute, ich sag dir, dass du nicht mal mehr deine Mutter erkannt hättest, und wir hatten uns mit den schnellen Skis auf der Piste in der Nebelsuppe verfahren, jonu, als der Josef, der Sohn vom Beck denk, plötzlich weggezaubert war, gefunden haben wir ihn dann auch noch, finden tut man ja erst, nachdem man verloren hat, aber erst einen halben Tag später, er lag im Tobel eingesunken bis zum Hals, dass der Helm mit den schönen Sternen grad auf dem Schnee lag wie eine Bowlingkugel, und verhandelte bereits mit den Oberen. Wie will man denn sowas ausgraben, fragt man sich, so dass wir halt die Blizzards genommen haben, dass mir einer grad, cracs, in zwei Stücke gegangen ist vom vielen Schaufeln, im Gegenzug haben wir Cremeschnittas auf Lebenszeit eingefahren, aber der Blizzard war futsch, ja, was willst du mit einem kaputten Ski machen, und der andere, der noch zwäg wär, da musst du den anderen ja auch grad furtschmeissen, nur mit einem kommst du denk nicht weit, das war schon immer so. Nur schade, ist die feine Bäckerei für die Cremeschnittas eingegangen, auf die Blizzard hochgerechnet würden einem noch ein paar davon zustehen, das Leben endet ja nicht, nur weil der Beck zugeht. Aber huara guat waren diese Cremeschnittas, sep scho, Spitzenklasse, für so feines Gebäck wären die Claire und ich bis nach St. Petersburg gelaufen.

Der Paul dreht die Gasflasche am Heizstrahler im Hüttli auf, das ist für dich, sagt er und streckt dem Georg ein Rubbellos hin. Oh, danke, sagt der Georg und lächelt. Und das ist für mich, sagt der Paul. Er kramt in seiner Hosentasche nach einer Münze, hm, hättest du mir vielleicht eine Münze, nur als Leihgabe denk, unverzinst, wenn möglich, sagt der Paul und schenkt Wein ein, damit ich mein Los aufrubbeln kann, sonst erfahre ich ja nie, ob mir das Universum eine Million schickt. Der Georg streckt ihm eine Münze hin, vualà, sagt er, aber die ist dann aus dem Kässeli, die müsstest du dann schon wieder zurückgeben, damit die Bilanz auch wieder stimmt. Was man mit einer ganzen Million machen soll, fragt man sich, also nur mit Kaffeetrinken kriegt man die nicht tot, sagt der Paul, aber das müsste man vielleicht den Rest Mudest fragen und seine Frau, die Matilda, die haben ja eine ganze Schwinta gewonnen im Fernsehen bei der Landeslotterie, und sind dann auch in die nächste Sendung nach Züri eingeladen worden und sind da im Publikum gesessen und haben ein Interview gegeben, wie sich das gehört, die Claire und ich haben ihnen noch mit dem Zug ausgeholfen, damit sie sich ein Billett kaufen und wenigstens bis nach Züri ins Fernsehen reisen konnten und es nicht grad aufflog, dass die schöne Million schon wieder furt war, der Moderator mit dem Mikrofon in der Hand hat ihnen noch gratuliert und dabei in die Kamera gelächelt und der Matilda Blumen geschenkt, dass ihr die Backen rot angelaufen sind, wo sie doch gar nicht Geburtstag hatte, aber vielleicht macht man das so, und was sie denn mit all dem Stütz machen würden, jetzt, wo sie so ein Vermögen beisammen hätten, das passiere einem denn nicht alle Tage, und wir sind in der Stube gesessen auf dem Kutschi und haben uns das Ganze angeschaut im Farbfernsehen, wie der Rest Mudest und die Matilda geradeaus in die Kamera die ganze Nation angelogen haben, auch der liebe Sohn sass da mit uns auf dem Kutschi mit seiner neuen Freundin von weiss ich woher, die war denn hübsch, aber Romanisch konnte sie nicht, das schon nicht, halt mehr so etwas wie Mericanisch, ein schöner Abend war es trotzdem, sep scho, mhm, aber was für Speculaziuns der Rest Mudest und die Matilda wirklich gemacht haben, und ob da vielleicht sogar Erpressung im Spiel war, das hat man nie erfahren, das schöne Geheimnis tragen sie sicher mit bis ins Grab, seit dem Ausflug nach Züri haben sie jedenfalls nie mehr ein Wort darüber verloren, wo ihnen die Million hin ist, aber wunder würde es einen schon nehmen, wie sie das angestellt haben, eine ganze Million zu vertschutten. Jo denn, sagt er und hebt sein Glas, sie stossen an, Viva, auf uns, und rubbeln. Die Uhr an der Wand fällt auf den Boden.

Das Radio mit der abgebrochenen Antenne auf der Ablage rauscht. Also zur Gewohnheit machen wir uns das denn nicht, sagt der Paul und schaut zum Fenster vom Hüttli raus, schau dir diese Nebelsuppe an, Dio mio, sagt er und holt eine neue Flasche unter dem Tisch hervor, ja, irgendwann muss man auch den Wein trinken, wenn wir sonst immer so viel zu tun haben. Er macht die Flasche auf und schenkt ein. Für ewig hält das nicht, sagt der Georg, das tut schon noch auf, keine Sorge. Meinst du, sagt der Paul. Verhandelbar ist das zwar nicht, Petrus lässt sich ungern in die Karten schauen, sagt der Georg, aber nach dem Nebel kommt meistens die Klarheit, aber ich mache mich trotzdem parat, einfach für den Fall, dass wir Ansturm haben, sagt er und nimmt die Billette aus der Schublade und legt sie auf drei Bigeli bereit, die blauen, die grünen und die rosaroten für die

Pensionäre. Für ein nächstes Mal würde ich im Voraus trotzdem einen Deal mit dem Allmächtigen vorschlagen, sagt der Paul, daran wäre nichts verkehrt, die Handel werden schliesslich im Nebel gemacht, wie beim letzten Saisonspiel im Südtal, wir führten zur Pause zwei zu Null, und die anderen wären denk abgestiegen, der Alfons war zwar afängs im Unterland engagiert, aber sein Cousin hatte pif paf zwei schöne Töpfe geschossen, als der Präsident der anderen in der Pause zu uns in die Garderobe kam und Hotel, Essen und vor allem viel Wein anbot, wenn wir sie gewinnen lassen würden, nai sep, also alle hatten denn nicht Einwände gegen Gastgeschenke, allen voran der Seppli mit dem Hinkefuss, der Libero, hätte seine Seele sofort um Wein eingetauscht, dass halt erst die Abstimmung durch Handaufheben entschied, dass wir uns nicht kaufen liessen, um keinen Preis. Ja, ja, aber sobald wir wieder draussen auf dem Feld waren, kamen die anderen angerauscht wie eine Lokomotive und jagten uns vier Büchsen zwischen die Pfosten, dass einem grad zimli schwindlig wurde. Ai, ai, ai, da hatte man das schöne Gastgeschenk ausgeschlagen und obendrauf auch grad noch das Spiel verschenkt, doppelt verloren also, dass es das überhaupt gibt, was für eine Blamasch, als die Türe der Kabine wieder aufging und der Präsius der anderen reinkam und sagte, meine Herren, wir sind ehrliche Leute hier und halten unser Wort, ihr seid unsere Gäste, alles geht auf uns. Er nickt und hebt das Glas, ja, so nahe liegen Sieg und Niederlage beieinander, wo man doch grad noch meinte, man habe doppelt verloren, und zac bum schlägt das Wetter um, mhm, hier sehen wir es wieder, Ehrlichkeit zahlt sich halt immer aus, so ein rauschendes Fest hat man denn selten wieder erlebt. Der Georg netzt die Finger an und zählt das Geld in der Kasse nach.

Jesses, hat das einen Nebel, sagt der Paul und hält eine Bratpfanne mit zwei Spiegeleiern in der Hand. Gleich kommen die Lottozahlen, sagt der Georg und dreht an der Schraube vom Radio mit der abgebrochenen Antenne, er hält Zettel und Bleistift parat. Das mit dem Nebel ist halt eine Lotterie, sagt der Paul und schaut zum Fenster raus. Das mit dem Leben auch, sagt der Georg und dreht an der Schraube. Das haben wir im Religionsunterricht gelernt, sagt der Paul, bei der Annakäti denk, der Religionslehrerin, die hatte von Berufs wegen zwar einen guten Draht nach oben, aber grad sehr sendungsbewusst war sie schon nicht, bei der spielten wir anstatt Lotto, die sass da vorne auf ihrem Ledersessel mit der Brille wie ein Fernseher auf der Nase und dem Stoffsäckli auf den Knien und zog die Zahlen aus dem Säckli, für eine Reihe gab es einen Schrumpfliapfel, für zwei Reihen getrocknete Zwetschgen und für die volle Karte ein Schoggistängeli. Zwar haben wir nicht grad viel über die Sünden dieser Welt gelernt, aber dafür etwas fürs Leben, dass nämli der Zufall immer seine Hände im Spiel hat, Glück und Pech halt und Bestimmung, die höhere Macht, wie s'Annakäti immer durch ihren

Fernseher sagte, bevor sie die Hand bis zum Ellenbogen ins Säckli tauchte, jägeri, hat das einen Nebel heute. Der Georg sucht den Sender, Hailandstutz, sagt er, nur müsste man noch den Sender finden, er dreht an der Schraube, es rauscht. Aber die Sünden kommen ja ganz von alleine, das wissen wir afängs schon, und dafür hatten wir ja das gelbe Büchlein, das uns der Pfarrer zur Kommunion geschenkt hatte, sagt der Paul und schaut die Eier in der Bratpfanne an, das war grad eine Zusammenfassung aller Laster, in diesem gelben Büchlein waren die Sünden schön in Tabellen aufgelistet, dass man nur noch ankreuzen musste, was man verbrochen hatte, bevor man ins Confessiunal, in den Beichtstuhl, zum Pfarrer musste, um die Seele wieder reinzuwaschen wie ein Unterlibli. Aber frag mich nicht, warum das Kämmerli Beichtstuhl heisst, wo man dort drinnen doch knien muss. Nur dass die Annakäti dann bankrott gegangen ist im Casino, die hatte halt ein Faible für das Glücksspiel, und hat ihr Geld in Gottsnama für irdische Freuden ausgegeben, anstatt das Münz ins Kässeli für die armen Seelen zu legen, die Gute. Er nickt und schaut mit der Bratpfanne in der Hand zum Fenster raus. Das Radio rauscht.

Wie spät ist es denn, fragt der Paul. Auf der Ablage steht die Vase mit den Blumen. Nanu, sagt der Georg, das kann gar nicht sein, es ist erst zehn vor neun, hm, das war es doch vorhin schon. Er klopft mit dem Finger gegen das Glas, irgendetwas ist hier verkehrt, sagt er und hebt die Uhr ans Ohr und lauscht. Sag mir aber nicht, dass die Zeit angehalten hat, sagt er. So fühlt es sich aber bei diesem Nebel an, sagt der Paul und schaut zum Fenster raus, wie damals beim Harry, als er seine Anna mit dem roten Kleid getroffen hat, das war auch ein Tag mit so farruct viel Nebel wie heute, da sieht man ja nichts beim Autofahren, aber wenn es etwas Grosses ist, bleibt die Zeit für gewöhnlich für einen Wimpernschlag stehen, ja-a, er nickt. Der Harry fuhr auf der Hauptstrasse, und weil der im Auto halt immer am Radio herumschraubte und auch grad noch so ein Nebel war, ist er bei der roten Ampel der Anna in den Hintern gefahren, Jesusmaria, hat der sich in die Anna verknallt, und denn nicht zu knapp. Das war das erste Rencontre, aber die Quittung folgt meistens sofort, du kannst ja nicht jemanden abschiessen und gleich auch noch die Blumen davontragen, das wäre nicht logisch, so viel wissen auch wir. Als er eine Woche später den Wagen beim Otto mit dem einen Arm in der Garasch abholen wollte, sagte der, es tue ihm huara leid, aber er habe den Wagenlift mit dem Wagen drauf versehentlich an die Decke gefahren und das Auto vom Harry verschrottet, dass bei der Anna fast so etwas wie Schadenfreude aufkam. Das Leben ist ein Versehen, sagt der Georg, aber das hat schon seine Richtigkeit. Geheiratet haben sie dann trotzdem, die Anna und der Harry, sagt der Paul, der hatte halt schon immer ein besonderes Talent, die bösen Sachen in etwas Gutes zu kippen. Darum geht es im Leben, sagt der Georg, um die Umkehrung, er klopft gegen das Glas von seiner Armbanduhr, aber sag mir nicht, dass die Schildkröte stehen geblieben ist, er hält die Uhr nochmals ans Ohr, effektiv, die Zeit ist stehen geblieben, na sowas.

Der Paul hält das Rubbellos in der Hand und lächelt, hm, als Kindels haben wir Mund sutsu gespielt, verkehrte Welt, mit den Tarockkarten, die man auch für die Zukunft braucht, damit man auch grad weiss, was morgen ist, sagt der Paul, und der Harry, der Khoga, hat schon dann immer gewonnen, ja, der war unbestritten der Umkehrkönig, also der hat noch jedes Unglück mit einem Hosalupf auf den Rücken gelegt, und andere tragen das Leben lang das Pech auf dem Kopf wie einen Helm. Wie der Anselm, der Bruder vom Otto mit dem einen Arm, dem ist also grad alles im Leben schiefgelaufen, was schiefgehen kann, und bevor er ins Gefängnis gekommen ist, hat er eine Bank ausgeraubt und dabei in die Kamera gelächelt und gewinkt, wie im Fernsehen beim Quiz, wenn man abgeräumt hat, also wenn er wenigstens einen Strumpf über den Kopf gestülpt hätte, das weiss doch jedes Kind, aber nai, der hat sich anstatt Zitronensaft ins Gesicht geschmiert und gemeint, dass man ihn so nicht erkennen könne in der Kamera, wegen der Reflexion, das war denk nicht ernst gemeint, als der Beni in der Beiz ihm das nach ein paar Bier gesagt hatte. Der Anselm, der hatte ja nicht gerade die Glühbirne erfunden, das schon nicht, aber das war denk nur ein Spässli. Dann war das Wort jedenfalls noch etwas wert, im Gegensatz zu heute, wo jeder von Piönjanc bis ins Russisch und drüber hinaus bis nach La Merica irgendeinen Gugus behauptet, dass man am Ende gar nicht mehr weiss, was jetzt öppa stimmt und was nicht, oh isch doch wohr, er richtet seine Wollmütze. Mittag müsste inzwischen vorbei sein, sagt der Georg, aber so genau kann man das halt nicht mehr sagen, ich rufe die 162 an, die sagen uns schon, wie es um Petrus oben in der Wetterzentrale steht. Ob er eingeschlafen ist oder was, sagt der Paul, oder öppa vom Stuhl gefallen und mit einem Gipsbein auf der Intensiv liegt, den ganzen Tag werden sie uns wohl nicht im Nebel stehen lassen, das wäre grad brav farruct, so verliert man ja völlig das Zeitgefühl, wie oben im Norden beim Skeleton, wenn es gar nicht mehr dunkel wird. Shackleton, sagt der Georg. Ja, bei dem auch, sagt der Paul, was sind das denn für Zustände, also eine gute Prognose wäre auch gut für Geist und Gemüt, er hebt seine Hände, man hätte meinen können, es müsste irgendwann aufreissen, ausser man wäre aus der Zeit gefallen. So weit ist es noch nicht, sagt der Georg und steht zum Telefon hin. Er nimmt den Hörer in die Hand und hält ihn ans Ohr und wählt 1, 6, 2, dreht sich zum Paul und lauscht. Draussen vor dem Hüttli ist der Schlepplift zu hören. Die Räder vom Schlepplift rattern regelmässig.

Der Georg hängt den Hörer vom Telefon auf, ja sieh einer an, sagt er und blickt zum Fenster vom Hüttli raus, wie sich der Nebel lichtet. Wer hätte das gedacht, ich höre die Geigen, sagt der Paul, und wir meinten bereits, Petrus habe nur Blumenkohl im Kopf. Genau wie die Madam im Telefon gesagt hat, sagt der Georg, um halb eins exact, und jetzt wissen wir auch noch grad, wie spät es ist. Da versteht man schon, warum die Engländer in die mondänen Hotels in den Bergen in die Kur gekommen sind, sagt der Paul, ist ja vor über hundert Jahren in Mode gekommen, sich den Kopf in den Bergwintern auszulüften, die Rhätische pumpt Gäste von den flachen Ländern in die Berge rauf, und hier werden die müden, ausgebrannten Seelen in der frischen Bergluft aufgehängt wie frischgewaschene Leintücher und ausgelüftet, ja, wohin mit den Tourists, wenn hier kein Schnee mehr liegt, die kann man ja nicht den ganzen Tag lang wandern lassen, die holen sich noch eine Zerrung, und ob das gesund ist, ist denn noch nicht erwiesen, wandern im Winter bei dieser kalten Luft, mit den blutten Wädeli, da fängt man sich ja eine Blasenentzündung ein wie die vom Schneckenhof im Schwarzwald. Hätten wir etwas Schnee, wäre das Problem gelöst, der Plan wäre jedenfalls aufgegleist, daran liegt es nicht, aber wenn der Winter den Schwanz einzieht und im Unterland bereits im Februar Frühling ist, dass die Parlamentarier in kurzen Hosen und die Damen in schönen Schubas rumlaufen müssen, ja, wer kommt denn noch auf die Idee, zum Skifahren zu fahren, eine Schneekanone brauchen wir. Das kostet, sagt der Georg. Aber wir lassen uns nicht provozieren, nai sep, sagt der Paul, das ist wie beim Tennisspielen auch, wir spielen den Ball einfach schön wieder zurück ins Feld, ohne Tamtam, und warten auf einen Fehler vom Petrus, so schonen wir auch die Knie.

Flott rattarat der Lift, ha, sagt der Paul. Der Georg schaltet ihn ab. Ha, sagt der Paul, ist es denn schon wieder Viertel vor vier? Nai, nai, sagt der Georg, halb drei ist es, vierzehn Uhr dreiundreissig, um genau zu sein, ich habe die 161 angerufen, die sagen dir auf die Minute exact, wie spät es ist, und das schon seit fast hundertneun Jahren, in Hamburg afängs, schon noch practisch, zuerst sagen sie die Stunden, dann die Minuten, dann die Sekunden, und Pip. Aber, sagt der Paul, warum hast du die zwei hübschen Gäste denn wieder weggeschickt und den schönen Schleppi abgeschaltet, jetzt, wo es endlich wieder schön ist und die Sonne scheint und alle wieder etwas Courage haben. Die Revision denk, sagt der Georg und holt den Werkzeugkasten aus dem Hüttli, das muss halt auch sein, nicht dass der schöne Schlepper uns plötzlich abliegt wie ein Pferd, und wenn's blöd kommt, auch noch dann, wenn wir Gäste hätten. Ach so, sagt der Paul, ja natürlich, die Revisiun, aber ich klettere nicht schon wieder auf den Masten, du weisst, ich habe den Höhenjodel, heute bist du dran. Hm, sagt der Georg und hebt die Augenbrauen, er dreht sich um und klettert die Leiter hoch auf den Masten. Der Paul schaut ihm dabei mit den Händen in den Hosentaschen zu, aber fall mir nicht runter, gell, sagt er, wie die Marianna vom Dorfladen, die war aufs Dach geklettert und wollte die Dachrinne putzen, der schöne Canal, der war ganz verstopft, da zog ja nichts mehr ab, wir hatten schon zu ihr gesagt, sie solle rufen, die war zwar noch ganz fidel, aber grad mit dem Besen aufs Dach hätte sie nicht steigen müssen, aber Grossmütter können da halt stur wie Esel sein, und nachdem sie ausgerutscht und gestorben und begraben war, blieb der Laden halt zu, so kurzfristig findet niemand Ersatz für die Marianna, und einarbeiten müsste man die denk auch noch, kannst sie ja nicht einfach ins Lädeli stellen und allez hopp, so einfach ist das nämlich nicht, da braucht's schon ein bisschen Begabung dafür, er schnäuzt sich. Das schöne Lädeli, da hast du alles bekommen, von der Schneehexe über Tubac und Tomaten, Rubas e Schrubas, ja auch Taschenrechner, für wer nicht grad so gescheit ist, tutti quanti gab's da, wir haben dann noch auf die Tafel vor dem Lädeli geschrieben, dass wir eine neue Marianna suchen, falls grad jemand vorbeigefahren wäre und gesehen hätte, aber die Herrschaften der Genossenschaft unten in der Stadt haben das Unglück der Marianna gerade ausgenützt, um die Bude zuzumachen, für immer und ewig, das koste und rentiere nicht, da hat man revoltieren können, wie man wollte, die haben denk nur auf einen Ausrutscher gewartet. Er faltet sein Taschentuch zusammen und steckt es weg.

Sodali, jetzt ist der schöne Schlepper wieder wie neu, sagt der Georg und steigt vom Masten und versorgt das Werkzeug in den Werkzeugkasten, wer morgen als erster hoch darf, ist ein König. Ein schöner Tag war das wieder, was, sagt der Paul, wir hingen zwar ein bisschen in den Seilen wegen diesem khoga Nebel, aber am Ende hat sich alles gefügt, aber ein bisschen warm war es auch heute wieder, damit es wirklich kalt wird, müsste man in die Höhe, bis auf die Bergspitzen hoch, aber so weit streckt sich unser schöner Schlepper natürlich nicht, das ist ja keine Mirasch, da musst du schon mit den Tourenski rauf, wie der Hans aus dem Nachbarsdorf, der sein Akkordeon wie eine Kommode auf den Rücken packt und sich oben auf dem Spitz das Instrument um den Bauch hängt wie ein Lautsprecher und über die Berge und Täler spielt, dass es in alle Richtungen schiesst, also wenn der nicht mit den Geistern in Verbindung steht, ja, wer dann, fragt man sich. Aber das sei ihm doch noch nie untergekommen, dass er zwei Nackte dort oben auf dem Berg angetroffen habe, auf den Tourenski, hat der Hans gesagt, er habe noch gemeint, was ihn da aus dem Schnee so blende, ob das mehr ein Rehli sei, aber nai, oder ein komischer Stein, auch nicht, bis er auf Sichtdistanz denn schon gemerkt habe, aha, zwei Globis, in einem Plausch, mit schönen Rucksäcken, Helm und Skibrille, tiptope Usrüstig, und mit so gesunden Wadensocken bis zu den Knien, aber sonst hätten die halt huara wenig angehabt. Bei diesen Temperaturen, sagt der

Georg, der Winter beisst halt nicht mehr. Ja, nicht mal in dieser Höhe, sagt der Paul, also irgendetwas ist da conträr, früher fror man sich die Arme ab, es sind denn einige, die die Arme haben liegen lassen müssen dort oben irgendwo, weil man diese guten Jacken da mit den Kokadà-Federn noch nicht erfunden hatte, und heute, wo man all diese Thermowösch hätte, hält man es in der Höhe auch gut ohne Hosen aus, wer das verstehen soll.

8

Ein Heissluftballon, sagt der Paul und schaut mit den Händen in den Hosentaschen in den Himmel, hm, ein schöner Ballon, grün wie ein Apfel, und das so früh am Morgen, sagt er, aber dort rein würde mich trotzdem niemand bringen, in diesen Apfelkorb, auch wenn der Ballon so eine schöne Farbe hat, da weiss man halt nicht, wo man hinfährt, und plötzlich landet man in Sibirien, obwohl man eigentlich nach Brasilien an den Strand wollte, und wenn's ganz hoch kommt, erreichst du die Stratosphäre und bist furt, in den Himmel reingefallen für immer, heiliger Bimbam, das geht dann schnell. Der Georg steht neben ihm hin und schaut auch hoch, er hat den Mund offen, ja, ziemlich hoch, in der Tat, sagt er und hält die Hand vor die Stirn. Auf dem Kopf hat er sein Käppi. Man wüsste zwar schon von ein paar Narzissten, die man mit dem Ballon ins All verschiffen müsste, sagt der Georg, dem Frieden zuliebe, Adia, auf Nimmerwiedersehen. Wie diese Sonnenkönige da mit den Medaillen an den Tschopen, sagt der Paul, die man in den Nachrichten sieht, wenn sie wieder jemanden schikaniert haben, man will gar nicht wissen, wie schwer die Jacken von diesen Kerlen sind, wenn sie da vor der ganzen Artillerie im Farbfernsehen hinstehen und an den Jackets die Medaillen hängen wie die Schlüssel einer ganzen Nation. Ja, wer zu lange in die Sonne schaut, wird blind, aber wie man so einen in einen Ballon bringen will, fragt man sich, die muss man fast einzeln fahren lassen, so aufgeblasen wie sie sind. Der Ferdinand mit dem Kopfverband wäre auch ein Kandidat für die Auffahrt, der war bereits als Kind ein Schikanör und hat die Kindels mit Klebband geknebelt, wenn sie ihm die Brötli nicht abtreten wollten, dass man sich bereits früh fragte, was in Gottswillen wohl mal aus diesem werde, wenn er als Keckerli bereits so ein Plagi war, man käme fast auf die Idee, der Schlüssel für alles liege in der Kindheit. Und wenn die Instanzen auf den Plan kamen, war er scheinheilig wie ein Engel, das ist eben das Farructe bei denen, die sind meistens nicht auf den Kopf gefallen, bös ist nur, wer auch schlau genug dafür ist. Die Hölle ist leer, und die Teufel sind hier, sagt der Georg und schaut dem Heissluftballon nach. Aber wenigstens steht uns heute das Wetter bei, ein Tag klar wie Glas, was, sagt der Paul und holt den Schlüssel vom Hüttli aus seiner blauen Jackentasche, Gloria in eccelsis, dabei meinte man in der Nacht noch, es sei bald finis, wie das gestürmt hat, madre mia, bissige Winde sind über die Bergspitzen gerauscht, als hätte der Herr seine weissen Rösser losgeschickt, dass wir sie bis ins Dorf schnaufen und pfeifen hörten. Ein leichter Wind wirbelt den Schneepulver hinter ihm auf.

Der Lauf der Welt, sagt der Georg und schaut den Bügeln nach, wie sie am Seil den Hügel runterwackeln, um die grosse Drehscheibe, und wieder den Hang hochsteigen, das ist ein Kreis, da kommt halt immer wieder einer nach. Der Skilift surrt gleichmässig. Der Paul auf der Türschwelle vom Hüttli richtet seine Wollmütze, und der Skilift bleibt stehen. Nanu, sagt der Georg und dreht sich zum Paul, was hast du denn gemacht? Ich, sagt der Paul, nichts, warum? Du hast den schönen Schlepper abgeschaltet, sagt der Georg. Ich, fragt der Paul, sicher nicht, warum sollte ich denn den Schleppi abschalten, ich habe nur meine Mütze gerichtet. Du willst mir doch ein Spässli spielen, sagt der Georg, aber so lustig ist das denn nicht. Ich, sagt der Paul, warum sollte ich dir ein Spässli spielen, das ist eine ernste Sache hier, wir spassen nicht. Die schöne Marlène vom Beni von der Beiz wollte dem Beni auch nicht glauben, als er ihr sagte, er müsse seine Beiz zumachen, da hatten sie einen Anwalt mit einem Aktenköfferli den ganzen Weg im Winter hier hoch ins Dorf geschickt, um dem Beni zu sagen, dass der alte Pfister aus dem Liachtastai, der Eigentümer der Beiz, gestorben sei und sein Sohn mit der Scheitelfrisur das Haus samt Beiz verscherbelt habe. Der Beni war denk nur der Pächter, der stand da wie ohne Hosen, hier geht alles per Handschlag, der hatte sein Leben lang nicht einen Vertrag unterschrieben, für was denn auch, hier hat auch das gesprochene Wort Bestand, aber sobald der alte Pfister mit den buschigen Koteletten im Sarg lag, kam der Anwalt wie ein Totengräber durch den Schnee gelaufen und las dem Beni von der Beiz eine Liste lang wie eine Seilbahn ab, dass der Beni sich vorkam wie ein Filmemacher vor dem jüngsten Gericht, wenn ihm nochmals alle seine Filme vorgespielt werden. Dabei hatten wir doch noch eine Woche davor das 111-jährige Jubiläum gefeiert, die Musikkapelle hatte mit solchem Eifer gespielt, als ginge es um Leben und Tod, und nicht mal eine Woche später brach alles in sich zusammen, so dass wir zur Ustrinkata ansetzen und uns zum letzten Gang aufmachen mussten. Für den Beni von der Beiz war die Ustrinkata jedenfalls der letzte Ort auf Erden, nachdem man ihm seine Existenz wie die Seele aus dem Leib gerissen hatte, klagte am Sonntagmorgen im Januar die Totenglocke durchs Tal, der Beni hatte sich in den frühen Morgenstunden erhängt. Sind jetzt auch bereits ein paar Jahre her.

Also so soll es denn nicht enden, sagt der Paul und schaut die schwarzen Schaltknöpfe am grünen Kasten an der Wand im Hüttli an, er kippt den Schalter um, und jetzt, fragt er und schaut zur Hüttentüre raus. Der Georg schüttelt den Kopf und drückt die Lippen aufeinander, nix. Hm, sagt der Paul und dreht den Schalter nochmals, es macht klack, da ist kein Leben drin, sagt er und kippt nochmals den Schalter, Stromausfall. Hm, was fällt den Oberen eigentlich ein, man kann uns doch nicht einfach abschalten, sagt er und geht zum Telefon und nimmt den Hörer ab und lauscht, auch der ist tot, sagt er und hängt den Hörer wieder auf, ja dann warten wir halt, nach der Ebbe kommt meistens die Flut, das ist ein Naturgesetz. Er geht aus dem Hüttli und steht neben dem

Georg beim Skilift hin und steckt die Hände in die Hosentaschen. Die Sonne scheint, die Marlène, die Frau vom Beni, ist dann bald darauf verschwunden, sagt der Paul und schaut übers Tal, hat ihren Koffer gepackt und ist mit dem Wind davongezogen, nie mehr gesehen. Der Georg schaut auf die Uhr, das ist uns jetzt in all den Jahren doch noch nie passiert, sagt er und dreht sich zum Paul um, und jetzt, fragt er und hebt die Hände. Ausser warten bleibt uns keine andere Wahl, sagt der Paul, aber wenn man sein Leben lang in Bewegung und am Tun und Werken und Schrauben und Hantieren ist und zac bum, plötzlich der Wind aussetzt, ist das schon etwas eigenartig, da kommt man sich ja vor wie ein Pensionierter, nachdem du dein Leben lang gearbeitet hast, das ist wie eine Vollbremsung bei voller Fahrt, das überschlägt dich grad sofort. Nicht zu erstaunen, dass so viele gleich nach der Pension das Besteck abgeben, da musst du dir vorkommen, als stelle man dich in den Schrank, bis der Herrgott etwas Gnade zeigt und dich da wieder rausholt, wie der Conrad, der Pistoler, der den Postbus fuhr, wir wollen ja nicht sagen, dass er eine Kanone am Steuerrad war, da gab es sicher noch bessere im Land, aber tüchtig war er allemal, und nachdem man den öffentlichen Verkehr zuerst etwas und dann auf die Hälfte reduziert hatte und schliesslich ganz aussetzte, vor lauter Angst, der Postbus sei nicht immer mit Fahrgästen gefüllt, entliess man ihn frühzeitig in die Pension, als würde man ihn in die Wüste schicken. Ja, was willst du da mit dir anfangen, das ist wie bei diesen Gefangenen, die ihr Leben lang eingesperrt waren und plötzlich freikommen, man stellt dich vor die Türe hin, und da stehst du mit deinem Koffer und schaust über diese endlose Welt und fragst dich, ja, wohin soll ich denn jetzt gehen, eher nach Norden oder doch nach Süden.

Das gibt's doch gar nicht, sagt der Georg und kratzt sich an der Stirn, er setzt sich sein Käppi wieder auf, und jetzt? Ich weiss denk auch nicht, sagt der Paul und hebt die Hände auf die Seite, hm, dann warten wir halt. Jetzt, wo wir den schönen Schlepplift erst grad gewartet und gedopt haben, der ist so gut in Form wie kaum mal zuvor, und wir wären am Start und parat wie eh und je, und dann das, na sowas, sagt der Paul und atmet tief durch, nur dass das Warten halt so eine Sache für sich ist, wenn man denn wüsste, wann es weitergeht, Coffertelli. Eine japanische Foltermethode ist das, sagt er und steht auf die Türschwelle, da liegst du da auf dem Rücken, und der Tropfen trifft dich an der Stirn, und du weisst nicht, wann der nächste Tropfen kommt, davon wird man ja Plemplem, das hat keinen Rhythmus denk, aber du weisst, dass da wieder ein nächster Tropfen kommen wird, aber eben nicht, wann, das ist ja das Problem an der ganzen Sach, so dass du plötzlich so fixiert auf den nächsten Tropfen bist, dass du gar nichts anderes mehr denken kannst als an den nächsten Tropfen, und dir irgendwann der Verstand abgeht wie ein wildes Pferd. Er streicht sich über die Stirn. Leben heisst verlieren, sagt der Georg und nickt. Feine Wolkenfäden ziehen sich durch den Himmel und schwächen die Sonne ab.

Coffertori, sagt der Paul und hält die Hände in die Hüfte. Godo kommt nicht, sagt der Georg und schaut in den Himmel. Wer, fragt der Paul und schaut auch hoch. Und was machen wir jetzt, fragt er und schaut den Georg an, das ist ja afängs eine triste Sache, das mit dem Schnee, und jetzt ist uns auch noch der schöne Schlepplift abgelegen, die gute Seele, er verwirft die Hände, sobald man wieder aufsteht, kommt der nächste Schlag, und mit jedem Winter sind wir wieder ein paar Leute weniger im Tal, und auch die Sprache schmilzt dahin wie der Schnee, und wenn die Winter mal ganz abgeschafft sind, man will sich gar nicht ausmalen, was für ein Drehbuch der Herrgott im Himmel als Nächstes bereithält, wenn es hochkommt, beginnt er vermutlich noch, die Berge ins Tal zu stürzen und macht uns alle zu Staub. Er schaut mit dem Feldstecher ins Tal hinunter, wie der Nebel das Tal hinaufwandelt. Der Georg steht zu ihm hin. Auf dem Kopf hat er seine Skibrille und in der Hand hält er den Zähler. Dabei wäre alles angerichtet, nur der Winter legt sich quer, Petrus, der Calöri, weigert sich schlichtweg, uns beizustehen, sagt der Paul. Der Georg holt das Päckchen Zigaretten aus der Tasche seiner Skijacke und steckt sich eine Zigarette in den Mund. Er tastet seine Taschen nach den Zündhölzchen ab. Und wir stehen hier wie zwei

Pajasse, parat für die nächsten fünfzig Jahre, sagt der Paul und nimmt den Feldstecher runter, was für ein komisches Los wir da gezogen haben. Da käme man glatt auf die Idee, zu den Narren zu halten anstatt zu den Heiligen. Er holt die Zündhölzchen aus seiner Jackentasche und streckt sie dem Georg hin, also grad so soll es nicht enden, sagt er, das wäre ein etwas einfaches Ende. Der Tod kuriert uns vom Leben, sagt der Georg und zündet sich die Zigarette an. Gib mir sonst auch so ein Zigarettli, sagt der Paul, wenn alles vergebens ist, kann man auch ein Zigarettli rauchen. Der Georg streckt ihm eine Zigarette hin und der Paul zündet sie sich an. Die Wolken haben den Himmel eingedeckt. Sie stehen vor ihrem Hüttli und schauen in die Ferne, wie der Nebel das Tal erreicht und das Tal allmählich im Nebel verschwindet.

Arno Camenisch, Der letzte Schnee

Dieses Buch erschien zuerst im Januar 2018,
die dritte Auflage im März 2018.
Lektorat Urs Engeler, Korrektorat Michèle Zoller,
Umschlaggestaltung Marcel Schmid,
Druck und Bindung Těšínská Tiskarná, Tschechien.

ISBN 978-3-906050-35-5

Die Unternehmungen von Urs Engeler werden vom Bundesamt für Kultur mit einem Strukturbeitrag für die Jahre 2016-2018 unterstützt.

http://www.engeler-verlag.com